Fiesta en la madriguera

Juan Pablo Villalobos

Fiesta en
la madriguera

EDITORIAL ANAGRAMA

BARCELONA

Ilustración: Luis Alfonso Villalobos

Primera edición: mayo 2010
Segunda edición: enero 2016
Tercera edición: noviembre 2016

Diseño de la colección: Julio Vivas y Estudio A

© Juan Pablo Villalobos, 2010

© EDITORIAL ANAGRAMA, S. A., 2010
    Pedró de la Creu, 58
    08034 Barcelona

ISBN: 978-84-339-7212-5
Depósito Legal: B. 9304-2010

Printed in Spain

Reinbook serveis gràfics, sl, Passeig Sanllehy, 23
08213 Polinyà

Para Mateo

Uno

Algunas personas dicen que soy un adelantado. Lo dicen sobre todo porque piensan que soy pequeño para saber palabras difíciles. Algunas de las palabras difíciles que sé son: sórdido, nefasto, pulcro, patético y fulminante. En realidad no son muchas las personas que dicen que soy un adelantado. El problema es que no conozco mucha gente. Si acaso conozco trece o catorce personas y de ésas cuatro dicen que soy un adelantado. Me dicen que parezco mayor. O al revés, que estoy chiquito para esas cosas. O al revés del revés, a veces hasta creen que soy un enano. Pero yo no pienso que soy un adelantado. Lo que pasa es que tengo un truco, como los magos, que sacan conejos de los sombreros, sólo que yo saco las palabras del diccionario. Todas las noches antes de dormir leo el diccionario. Lo demás lo hace mi memoria, que es muy buena, casi fulminante. Yolcaut tampoco piensa que soy un adelantado. Él dice que soy un genio, me dice:

–Tochtli, eres un genio, pinche cabroncito.

–Y me acaricia la cabeza con sus dedos llenos de anillos de oro y diamantes.

De todas maneras son más las personas que dicen que soy curioso, siete. Y eso nada más porque me gustan mucho los sombreros y siempre uso sombrero. Usar sombrero es un buen hábito de los pulcros. En el cielo hay palomas que hacen sus necesidades. Si no usas sombrero terminas con la cabeza sucia. Las palomas son sinvergüenzas. Hacen sus cochinadas a la vista de todo el mundo, mientras vuelan. Bien podrían hacerlo escondidas entre las ramas de los árboles. Así no tendríamos que estar todo el tiempo mirando al cielo y preocupándonos por la cabeza. Pero también los sombreros, si son buenos sombreros, sirven para la distinción. O sea, los sombreros son como las coronas de los reyes. Si no eres rey puedes usar un sombrero para la distinción. Y si no eres rey y no usas sombrero terminas siendo un don nadie.

Yo no pienso que sea curioso por usar sombreros. Además lo curioso es pariente de lo feo, como dice Cinteotl. Lo que sí soy seguro es un macho. Por ejemplo: no me la paso llorando por no tener mamá. Se supone que si no tienes mamá debes llorar mucho, litros de lágrimas, diez o doce al día. Pero yo no lloro, porque los que lloran son de los maricas. Cuando estoy triste Yolcaut me dice que no llore, me dice:

–Aguántate, Tochtli, aguántate como los machos.

Yolcaut es mi papá, pero no le gusta que le diga papá. Él dice que somos la mejor pandilla de machos en al menos ocho kilómetros a la redonda. Yolcaut es de los realistas y por eso no dice que somos la mejor pandilla del universo o la mejor pandilla en ocho mil kilómetros a la redonda. Los realistas son personas que piensan que la realidad no es así, como tú piensas. Me lo dijo Yolcaut. La realidad es así y ya está. Ni modo. Hay que ser realista es la frase favorita de los realistas.

Yo creo que de verdad somos una pandilla muy buena. Tengo pruebas. Las pandillas son acerca de la solidaridad. Entonces la solidaridad es que como a mí me gustan los sombreros Yolcaut me compra sombreros, muchos sombreros, tantos que tengo una colección con sombreros de todo el mundo y de todas las épocas del mundo. Aunque ahora más que sombreros nuevos lo que quiero es un hipopótamo enano de Liberia. Ya lo anoté en la lista de las cosas que quiero y se la di a

Miztli. Así hacemos siempre, porque yo no salgo mucho a la calle, entonces Miztli me compra todas las cosas que quiero por órdenes de Yolcaut. Y como Miztli tiene muy mala memoria entonces tengo que hacerle las listas. Pero un hipopótamo enano de Liberia no lo venden así tan fácil, en una tienda de mascotas. Cuando mucho en las tiendas de mascotas venden perros. ¿Pero quién quiere un perro? Nadie quiere un perro. Es tan difícil conseguir un hipopótamo enano de Liberia que puede ser que la única manera sea yendo a capturarlo a Liberia. Por eso me está doliendo muchísimo la panza. En realidad a mí siempre me duele la panza, pero ahora los retortijones me dan más seguido.

Creo que en este momento mi vida es un poquito sórdida. O patética.

Más o menos siempre Mazatzin me cae bien. Sólo me cae gordo cuando se pone estricto y quiere seguir el plan de estudios estrictamente. Por cierto, Mazatzin no me dice Tochtli. Mazatzin me dice Usagi, que es mi nombre en japonés, porque le gustan mucho todas las cosas del imperio de Japón. A mí lo que me gusta mucho del imperio

14

de Japón son las películas de samuráis. Algunas las he visto tantas veces que hasta me las sé de memoria. Cuando las veo me adelanto y voy diciendo las pláticas de los samuráis antes que ellos. Y nunca me equivoco. Eso puedo hacerlo por mi memoria, que de veras es casi fulminante. Una película se llama *El crepúsculo del samurái* y se trata de un samurái viejo que le enseña a un niño las cosas de los samuráis. En una parte lo obliga a quedarse quieto y mudo por un montón de días. Le dice: «El guardián es sigiloso y sabe esperar. La paciencia es su mejor arma, como la grulla que no conoce la desesperación. Los débiles se conocen en el movimiento. Los fuertes en la inmovilidad. Mira el sable fulminante que no conoce el temblor. Mira el viento. Mira tus pestañas. Cierra los ojos y mira tus pestañas.» Y no sólo me sé de memoria esa película, me sé muchas más, cuatro.

Un día, en lugar de darme las clases, Mazatzin me contó su historia y es muy sórdida y patética. Lo que pasa es que antes hacía muy buenos negocios con los anuncios de la tele. Cobraba millones de pesos por inventar comerciales de champú y de refrescos. Pero Mazatzin estaba todo el tiempo triste, porque en realidad había estudiado para ser escritor. Aquí comienza lo sórdido: que alguien gane millones de pesos y esté triste por no ser escritor. Eso es sórdido. Total que de pura tristeza Mazatzin se fue a vivir muy lejos, a una cabaña en el medio de la nada, creo que en lo alto de un cerro. Quería ponerse a pensar y a escribir un libro sobre la vida. Hasta se llevó una computadora. Eso no es sórdido, pero es patético. El problema fue que Mazatzin no se inspiró y mientras tanto su socio, que también era su mejor amigo, le hizo una transa para quitarle todos sus millones de pesos. De mejor amigo nada, era un traidor.

Fue entonces cuando Mazatzin vino a trabajar con nosotros, porque Mazatzin es de los cultos. Yolcaut dice que los cultos son personas que se creen mucho porque saben muchas cosas. Saben cosas de las ciencias naturales, como que las palomas transmiten enfermedades asquerosas. También saben cosas de la historia, como que a los franceses les gusta mucho cortarle la cabeza a los reyes. Por eso a los cultos les gusta ser profesores. A veces saben cosas equivocadas, como que para escribir un libro tienes que irte a vivir a una cabaña en el medio de la nada y en lo alto de un cerro. Eso dice Yolcaut, que los cultos saben muchas cosas de los libros, pero que de la vida no saben nada. Nosotros también vivimos en el medio de la nada, pero no lo hacemos para inspirarnos. Lo hacemos para la protección.

De todas maneras, como yo no puedo ir a la escuela, Mazatzin me enseña las cosas de los libros. En estos días estamos estudiando la conquista de México. Es un tema divertido, con guerra y muertos y sangre. La historia es así: por un lado estaban los reyes del reino de España y por otro lado estaban los indios que vivían en México. Entonces los reyes del reino de España querían ser también los reyes de México. Así que vinieron y se pusieron a matar a los indios, pero sólo para meterles miedo y que aceptaran a sus nuevos reyes. Bueno, la verdad a algunos indios ni los mataban, nomás les quemaban los pies. Todo esta historia pone furioso a Mazatzin, porque él usa camisas de manta y huaraches como si fuera indio. Y empieza con sus discursos. Me dice:

—¡Nos robaron la plata, Usagi, nos saquearon!

Hasta parece que los indios muertos fueran sus primos o sus tíos. Patético. Por cierto, a los españoles no les gusta cortarle la cabeza a los reyes. Todavía tienen reyes vivos con la cabeza pegada al cuello. Mazatzin me mostró una foto en una revista. Eso también es muy patético.

Una de las cosas que he aprendido con Yolcaut es que a veces las personas no se convierten en cadáveres con un balazo. A veces necesitan tres balazos o hasta catorce. Todo depende de dónde les des los balazos. Si les das dos balazos en el cerebro segurito que se mueren. Pero les puedes dar hasta mil balazos en el pelo y no pasa nada, aunque debe ser divertido de mirar. Todo esto lo sé por un juego que jugamos Yolcaut y yo. El juego es de preguntas y respuestas. Uno dice una cantidad de balazos en una parte del cuerpo y el otro contesta: vivo, cadáver o pronóstico reservado.

–Un balazo en el corazón.

–Cadáver.

–Treinta balazos en la uña del dedo chiquito del pie izquierdo.

–Vivo.

–Tres balazos en el páncreas.

–Pronóstico reservado.

Y así seguimos. Cuando se nos acaban las partes del cuerpo buscamos nuevas en un libro que tiene dibujos de todo, hasta de la próstata y el bulbo raquídeo. Hablando del cerebro, es importante quitar los sombreros antes de los balazos en el cerebro, para no mancharlos. La sangre es muy difícil de limpiar. Eso repite todo el tiempo Itzpapalotl, que es la sirvienta que hace la limpieza de nuestro palacio. Sí, nuestro palacio, Yolcaut y yo somos dueños de un palacio, y eso que no somos reyes. Lo que pasa es que tenemos mucho dinero. Muchísimo. Tenemos pesos, que es la moneda de México. También tenemos dólares, que es la moneda del país Estados Unidos. Y también tenemos euros, que es la moneda de los países y reinos de Europa. Me parece que tenemos miles de millones de los tres tipos, aunque los que más nos gustan son los billetes de cien mil dólares. Y además del dinero tenemos las joyas y los tesoros. Y muchas cajas fuertes con combinaciones secretas. Por eso conozco poca gente, trece o catorce. Porque si conociera más gente nos robarían el dinero o nos harían una transa como a Mazatzin. Yolcaut dice que tenemos que protegernos. De eso se tratan también las pandillas.

El otro día vino a nuestro palacio un señor que yo no conocía y Yolcaut quería saber si yo era macho o si no era macho. El señor tenía la cara manchada de sangre y, la verdad, daba un poquito de miedo verlo. Pero yo no dije nada, porque ser macho quiere decir que no tienes miedo y si tienes miedo eres de los maricas. Me quedé muy serio mientras Miztli y Chichilkuali, que son los vigilantes de nuestro palacio, le daban golpes fulminantes. El señor resultó ser de los maricas pues se puso a chillar y gritaba: ¡No me maten!, ¡no me maten! Hasta se orinó en los pantalones. Lo bueno fue que yo sí resulté ser macho y Yolcaut me dejó ir antes de que convirtieran en cadáver al marica. Seguro que lo mataron, porque más tarde vi pasar a Itzpapalotl con la cubeta y el trapeador. Aunque no sé cuántos balazos le dieron. Me parece que como mínimo cuatro en el corazón. Si contara a los muertos yo conocería a más de trece o catorce personas. Unos diecisiete o más. Veinte fácil. Pero los muertos no cuentan, porque los muertos no son personas, los muertos son cadáveres.

En realidad hay muchas maneras de hacer cadáveres, pero las que más se usan son con los orificios. Los orificios son agujeros que haces en las personas para que se les escape la sangre. Las balas de las pistolas hacen orificios y los cuchillos también pueden hacer orificios. Si se te escapa la sangre hay un momento en que el corazón o el hígado dejan de funcionarte. O también el cerebro. Y te mueres. Otra manera de hacer cadáveres es con los cortes, que se hacen también con los cuchillos o con los machetes y las guillotinas. Los cortes pueden ser pequeños o grandes. Si son grandes separan partes del cuerpo y hacen cadáveres en cachitos. Lo más normal es cortar las cabezas, aunque, la verdad, puedes cortar cualquier

20

cosa. Es por culpa del cuello. Si no tuviéramos cuello sería diferente. Puede ser que lo normal fuera cortar los cuerpos a la mitad para tener dos cadáveres. Pero tenemos cuello y ésa es una tentación muy grande. En especial para los franceses.

La verdad, a veces nuestro palacio no parece un palacio. El problema es que es muy grande y no hay manera de mantenerlo pulcro. Desde hace mucho tiempo que Itzpapalotl quiere que Yolcaut contrate a una sobrina suya para que la ayude con la limpieza. Dice que es alguien de confianza, pero Yolcaut no quiere más personas en nuestro palacio. Itzpapalotl se queja porque nuestro palacio tiene diez habitaciones: la mía, la de Yolcaut, la de los sombreros, la que usan Miztli y Chichilkuali, la de los negocios de Yolcaut y otras cinco habitaciones vacías que no utilizamos. Y además están la cocina, la sala de los sillones, la sala de la tele, la sala de las películas, mi sala de los juegos, la sala de los juegos de Yolcaut, la oficina de Yolcaut, el comedor de adentro, el comedor de la terraza, el comedor chiquito, cinco baños que usamos, dos baños que no usamos, el gimnasio, el sauna y la alberca.

21

Miztli dice que Yolcaut es un paranoico y que eso es un problema. El problema es para la limpieza del palacio y también para el descanso de Miztli. Porque Miztli y Chichilkuali se encargan con sus rifles de la protección de nuestro palacio las veinticuatro horas del día. Veinticuatro horas quiere decir que a veces Miztli no duerme y otras veces Chichilkuali no duerme. Y eso que para protegernos tenemos una barda altísima. Y eso que encima de la barda hay vidrios y alambres de púas y una alarma de rayos láser que a veces hace ruido cuando pasa un pájaro cerca. Y eso que vivimos en el medio de la nada.

Alrededor de nuestro palacio tenemos un jardín gigantesco. Lo cuida Azcatl, que es mudo y todo el día está rodeado por el ruido de las máquinas que maneja. El ruido te deja sordo si te acercas mucho. Azcatl tiene máquinas para cortar el pasto, máquinas para cortar la hierba y máquinas para cortar los árboles y los arbustos. Pero su principal enemigo es la maleza. La verdad es que Azcatl va perdiendo, porque nuestro jardín está siempre lleno de hierbas malas. Por cierto, los hipopótamos enanos de Liberia son máquinas silenciosas que devoran la maleza. Eso se llama ser herbívoro, un comedor de hierbas.

También en el jardín, frente al comedor de la

terraza, están las jaulas con nuestros animales, que se dividen en dos: las aves y los felinos. De aves tenemos águilas, halcones y una jaula llena de periquitos y pájaros de colores. Guacamayas y esas cosas. Felinos tenemos un león en una jaula y dos tigres en otra. Al lado de los tigres hay un espacio donde vamos a poner la jaula para nuestro hipopótamo enano de Liberia. Dentro de la jaula habrá un estanque, pero no será un estanque hondo, nomás servirá para chapotear en el lodo. Los hipopótamos enanos de Liberia no son como los otros hipopótamos, que gustan de vivir sumergidos en el agua. De todo esto se va a encargar Itzcuauhtli, quien cuida de nuestros animales: les da la comida, les limpia las jaulas y les pone medicina cuando se enferman. Itzcuauhtli podría contarme muchas cosas de los animales, cómo curarlos y cosas por el estilo. Pero no me cuenta nada: también es mudo.

Yo conozco muchos mudos, tres. A veces, cuando les digo algo, como que quieren hablar y abren la boca. Pero se quedan callados. Los mudos son misteriosos y enigmáticos. Lo que pasa es que con el silencio no se pueden dar explicaciones. Mazatzin piensa lo contrario: dice que con el silencio se aprenden muchas cosas. Pero ésas son ideas del imperio de Japón, que le gusta tanto. Yo creo que lo más enigmático y misterioso del mundo debe ser un mudo japonés.

Hay días en que todo es nefasto. Como hoy, que otra vez me dio el dolor eléctrico de la panza. Son unas punzadas que se sienten como si te estuvieran electrocutando. Una vez metí un tenedor en un enchufe y se me electrocutó un poquito la mano. Las punzadas son iguales, pero en las tripas.

De consuelo Yolcaut me dio un sombrero nuevo para mi colección: un tricornio. Yo tengo muchos tricornios, once. Los tricornios son sombreros que tienen forma de triángulo y una copa muy pequeña. Tengo tricornios del país Francia, del reino Unido y del país Austria. Mi favorito es un tricornio francés de un ejército revolucionario. Al menos eso decía en el catálogo. Los franceses me caen bien porque le quitan la corona a los reyes antes de cortarles la cabeza. Así la corona no se abolla y la puedes guardar en un museo en París o vendérsela a una persona que tenga mucho dinero, como nosotros. El nuevo tricornio es del reino de Suecia y tiene tres bolitas rojas, una en cada punta. Me encantan los tricornios, porque son sombreros de soldados locos. Te pones uno y te dan ganas de ir corriendo tú solito a invadir el reino más cercano. Pero hoy no se me antojaba invadir países ni hacer guerras. Hoy era un día nefasto.

En la tarde Mazatzin no me puso tarea y me dejó hacer investigaciones de tema libre. Es una cosa que hacemos a veces, sobre todo cuando me enfermo y no puedo poner atención. Hice una investigación sobre el país Liberia. Según la enciclopedia, el país Liberia fue fundado en el siglo diecinueve por personas que antes habían trabajado de esclavos en el país Estados Unidos. Eran personas africanas americanas. Sus jefes los dejaron libres y se fueron a vivir al África. El problema es que ahí ya vivían otras personas, las personas africanas. Entonces las personas africanas americanas hicieron el gobierno del país Liberia y las personas africanas no. Por eso se la pasan en guerras y matándose. Y ahora más o menos todos se están muriendo de hambre.

Parece que el país Liberia es un país nefasto. México también es un país nefasto. Es un país tan nefasto que no puedes conseguir un hipopótamo enano de Liberia. Eso en realidad se llama ser tercermundista.

Los políticos son personas que hacen negocios difíciles. Y no es que sean personas adelantadas, al contrario. Eso dice Yolcaut, que para ganar millones de pesos no se necesita repetir tantas veces la palabra democracia. Hoy conocí a la persona catorce o quince que conozco y era un político llamado el gober. Vino a cenar a nuestro palacio porque Cinteotl hace un pozole verde suculento. Cinteotl es la cocinera de nuestro palacio y sabe preparar todos los tipos de pozole que existen en el mundo, que son tres: el verde, el blanco y el rojo. A mí no me gusta mucho el pozole, sobre todo por lo de la lechuga caliente, que es algo absurdo. La lechuga es para las ensaladas y para los sándwiches. Además el pozole lo hacen con las cabezas de los cerdos: una vez me asomé a ver el caldo en la olla y había dientes y orejas flotando. Sórdido. Lo que me gusta a mí son las enchiladas, las quesadillas y los tacos al pastor. Los tacos al pastor me gustan sin piña, porque la piña en los tacos también es una cosa absurda. Las enchiladas me las como con poquito chile, porque si no me duele más la panza.

El gober es un señor que se supone que gobierna a las personas que viven en un estado. Yolcaut dice que el gober no gobierna a nadie, ni siquiera a su puta madre. De todas maneras el gober es un señor simpático, aunque tiene un mechón de cabellos blancos en el centro de la cabeza y no se lo rapa. Yo la pasé muy bien escuchando las pláticas de Yolcaut y el gober. Pero el gober no. Tenía la cara roja, como si fuera a explotarle, porque yo me estaba comiendo unas quesadillas mientras ellos cenaban pozole verde y hablaban de sus negocios de la cocaína. Yolcaut le dijo que se quedara tranquilo, que yo era grande, que nosotros éramos una pandilla y que en las pandillas no se ocultan las verdades. Entonces el gober me preguntó mi edad y cuando se la dije opinó que yo todavía era pequeño para estas cosas. Ahí fue cuando Yolcaut se enojó y le tiró a la cara un montón de dólares que sacó de una maleta. Eran muchos, miles. Y se puso a gritarle:

—Cállate, pinche gober, ¿tú qué chingados sabes?, pendejo, toma tu limosna, cabrón, ándale.

Luego me dijo que para eso era nuestro negocio, para mantener pendejos. Al gober se le puso la cara más roja, como si ahora sí fuera a explotarle, pero empezó a reírse. Yolcaut le dijo que si estaba tan preocupado por mí que me consiguiera un hipopótamo. El gober hizo cara de que no entendía nada, así que le expliqué que lo que quería era un hipopótamo enano de Liberia, que es muy difícil de conseguir sin ir al país Liberia. La cara ya no iba a explotarle. Nos preguntó: «¿Y por qué no van a Liberia?» Yolcaut nomás le contestó:

–No seas pendejo, gober.

Entonces el gober dijo: «Vamos a ver, algo podrá hacerse.» Y Yolcaut me acarició la cabeza con sus dedos llenos de anillos de oro y diamantes:

–Ya ves, Tochtli, Yolcaut siempre puede.

La verdad, a veces México es un país magnífico donde se pueden hacer negocios muy buenos. O sea, a veces México es un país nefasto, pero también a veces es un país magnífico.

Una canción que me encanta es el rey. Hasta fue la primera canción que aprendí a cantar de memoria. Y eso que en aquel entonces era muy chiquito y todavía no tenía la memoria fulminante. La verdad, no me la sabía muy bien, pero inventaba las partes que se me olvidaban. Lo que pasa es que esa canción es muy fácil de rimar. Por ejemplo: rimar e inventar hacen rima. Si cambias una palabra por la otra nadie se da cuenta. En el rey me gusta esa parte donde dice que no tengo trono ni reina, ni nadie que me mantenga, pero sigo siendo el rey. Ahí explica muy bien las cosas que necesitas para ser rey: tener un trono, una reina y alguien que te mantenga. Aunque cuando cantas la canción no tienes nada de eso, ni siquiera dinero, y eres rey, porque tu palabra es la ley. Es que la canción se trata en realidad de ser macho. A veces los machos no tienen miedo y por eso son machos. Pero también a veces los machos no tienen nada y siguen siendo reyes, porque son machos.

Lo mejor de ser rey es que no tienes que trabajar. Sólo tienes que ponerte la corona y ya está, las personas de tu reinado te dan dinero, millones. Yo tengo una corona, aunque no puedo ponérmela todos los días. Yolcaut me ha dejado ponérmela nomás cuatro veces. La tenemos guardada en una caja fuerte junto con todos nuestros tesoros. La corona no es de oro, porque era de un rey de África y en África todos son pobres, hasta los reyes. El país Liberia está en África. Lo bueno es que México no está en África. Sería nefasto que México estuviera en África. La corona es de metales y diamantes. Nos costó mucho dinero porque para ser rey en África tienes que matar a mucha gente. Es como una competencia: el que lleva la corona es el que ha acumulado más cadáveres. Mazatzin dice que en Europa es igual. Ese tema también lo pone furioso y le inspira discursos. Mazatzin en lo alto del cerro no se inspiró para escribir un libro, pero lo que sí se le inspiraron fueron los discursos, que anda haciendo todo el tiempo. Dice:

–Europa está levantada sobre un montón de cadáveres, Usagi, por Europa corren ríos de sangre.

Cuando hablamos de estas cosas se ve que Mazatzin tiene odio a los españoles y a veces hasta a los franceses. A todos los europeos. Patético. Yo creo que los franceses son buenas personas porque inventaron la guillotina. Y los españoles son buenos clientes de los negocios de Yolcaut. Pero mejores clientes son los gringos. Los mexicanos no son buenos clientes de Yolcaut, porque Yolcaut no quiere. Uno de los cadáveres que conocí era un vigilante que antes hacía lo que ahora hace Chichilkuali, pero se le ocurrió querer hacer negocios en México. Yolcaut no quiere envenenar a los mexicanos. Mazatzin dice que eso se llama ser nacionalista.

La persona más muda que conozco es Quecholli. Miztli la trae a nuestro palacio dos o tres veces por semana. Quecholli tiene las piernas muy largas, según Cinteotl así de largas: un metro y medio. Miztli dice otra cosa, una cosa enigmática:

–Noventa sesenta noventa, noventa sesenta noventa.

Es un secreto, me lo dice a escondidas. Todo lo de Quecholli es un secreto. Anda por el palacio sin mirar a nadie, sin hacer ruido, siempre pegada a Yolcaut. A ratos desaparecen y vuelven a aparecer, muy misterioso. Así pasan horas, el día entero, hasta que Quecholli se va. Luego otro día Miztli la trae de nuevo y vuelta a empezar con los secretos y las desapariciones.

El momento más enigmático es cuando nos sentamos a comer en la terraza todos juntos: Yolcaut, Quecholli, Mazatzin y yo. La primera vez Mazatzin le preguntó a Quecholli si era de León o de Guadalajara o de dónde. Quecholli no alcanzó a decir nada. Miró por un segundo a Mazatzin y entonces Yolcaut gritó que era del rancho de la chingada. El rancho de la chingada está cerca de San Juan, al lado de la carretera. Hay una reja en la entrada con un letrero que dice: *La Chingada*.

También parecería que Quecholli está ciega, porque casi nunca sabes hacia dónde está mirando. Pero no está ciega: yo la he descubierto mirándome los sombreros. Otra cosa rara es que nomás come ensaladas. Su favorita es la ensalada de lechuga, jitomate, brócoli, cebolla y aguacate. Luego le pone limón y sal con esos dedos tan delgados y largos que tiene. Y llenos de anillos. Pero los anillos de Quecholli son delgados y pequeñitos, no como los de Yolcaut, que son gruesos y llevan diamantes gigantes. Ella no es millonaria como nosotros.

En la comida Yolcaut y Mazatzin hablan de los políticos. Son pláticas divertidas porque Yolcaut se ríe mucho y le dice a Mazatzin que es un pinche inocente. Mazatzin no se ríe tanto, porque piensa que el gobierno tendría que ser de los políticos que van por la izquierda. Dice: «Si la izquierda gobernara no pasaría eso.» Yolcaut se ríe más. Algunos días Mazatzin le va diciendo nombres de políticos y Yolcaut, dependiendo del nombre, le contesta:

–Ajaaaá.

O:

–Tch-tch.

Unas veces Mazatzin se sorprende y se ríe mientras dice que lo sabía, que lo sabía. Otras veces grita mentira, mentira, y Yolcaut le dice que es un pinche inocente.

Mientras Quecholli come sus ensaladas los demás comemos los manjares de Cinteotl. A Mazatzin le encantan. Al terminar manda llamar a Cinteotl a gritos y le dice que ha sido el mejor mole de su vida, si comimos mole, o la mejor tampiqueña de su vida, o lo que sea. Patético. Yolcaut opina que Mazatzin tiene hambre genética. Quecholli, como es muda, no dice nada. Mazatzin dice que ella es vegetariana. Yo digo que es como los hipopótamos enanos de Liberia, una herbívora. Pero a los hipopótamos enanos de Liberia no les gustan las ensaladas con lechuga, les gustan con alfalfa. Si Quecholli no fuera muda le preguntaría su opinión sobre la lechuga caliente del pozole.

Esto es lo que pasaron hoy en las noticias de la tele: en el zoológico de Guadalajara los tigres se comieron enterita a una señora, menos la pierna izquierda. A lo mejor la pierna izquierda no era una parte muy suculenta. O a lo mejor los tigres ya estaban satisfechos. Yo nunca he ido al zoológico de Guadalajara. Una vez le pedí a Yolcaut que me llevara, pero en lugar de llevarme trajo más animales al palacio. Fue cuando me compró el león. Y me dijo algo de un señor que no podía ir a una montaña y entonces la montaña caminaba.

La señora comida era la directora del zoológico y tenía dos hijos, un esposo y un prestigio internacional. Bonita palabra, prestigio. Dijeron que podría tratarse de un suicidio o de un asesinato, porque ella nunca entraba a la jaula de los tigres. Nosotros no usamos a nuestros tigres para los suicidios o para los asesinatos. Los asesinatos los hacen Miztli y Chichilkuali con orificios de balas. Los suicidios no sé cómo los hacemos, pero no los hacemos con los tigres. A los tigres los usamos para que se coman los cadáveres. Y también usamos para eso a nuestro león. Aunque más que nada los usamos para verlos, porque son animales fuertes y muy bien proporcionados que da gusto ver. Ha de ser por la buena alimentación. Se supone que yo no debería saber estas cosas, porque son secretos que hacen Miztli y Chichilkuali en la noche. Pero en eso pienso que sí soy un adelantado, en descubrir secretos.

Al final del reportaje el señor de las noticias se puso muy triste y le deseó a la directora del zoológico que descansara en paz. Qué estúpido. En ese momento ella estaba dentro de la panza de los tigres hecha papilla. Además que sólo se va a quedar ahí mientras los tigres hacen la digestión, porque va a terminar convertida en caca de tigre. Descanse en paz, cuernos. Si acaso descansará en paz la pierna izquierda.

Yolcaut miró conmigo la noticia y cuando se acabó me dijo cosas enigmáticas. Primero me dijo:

34

–Ahhh, la suicidaron.

Y luego, cuando acabó de reírse:

–Piensa mal y acertarás.

A veces Yolcaut habla frases enigmáticas y misteriosas. Cuando lo hace de nada sirve que le pregunte lo que quiso decir, porque nunca me contesta. Quiere que yo resuelva el enigma.

Antes de dormir busqué en el diccionario la palabra prestigio. Entendí que el prestigio se trata de que la gente tenga una buena idea de ti, que piense que eres lo máximo. En ese caso tienes un prestigio. Patético.

Hoy estoy aburrido hasta la desesperación más fulminante. Me aburro porque no salgo del palacio y porque todos los días son iguales.

Me levanto a las ocho, me baño y desayuno.

De nueve a una tomo clases con Mazatzin.

Juego a la playstation de una a dos.

De dos a tres comemos.

De tres a cinco hago la tarea y las investigaciones libres.

De cinco a ocho hago cualquier cosa que se me ocurre.

A las ocho cenamos.

De nueve a diez veo la tele con Yolcaut y después de las diez me voy a mi cuarto a leer el diccionario y a dormir.

Al día siguiente lo mismo. Los sábados y los domingos son peores, porque todo el día me la paso viendo a ver qué se me ocurre: visitar a nuestros animales, mirar películas, hablar cosas secretas con Miztli, jugar a la playstation, limpiar los sombreros, mirar la tele, hacer las listas de las cosas que quiero para que me las compre Miztli... A veces es divertido, pero también a veces es nefasto. Por culpa de la paranoia de Yolcaut hace muchos días que no salgo del palacio, once.

Todo empezó cuando pasaron en las noticias a los soldados buscando las drogas. Chichilkuali le dijo a Yolcaut:

–Problemas, jefe.

Yolcaut le dijo que no fuera pendejo. Al día siguiente dijeron en la tele que a unos señores que estaban en la cárcel en México los habían mandado a vivir a una cárcel del país Estados Unidos de sorpresa. Yolcaut se quedó muy atento mirando la noticia y hasta me pidió que me callara. En la tele estaban pasando una lista con los nombres de los señores que ahora vivían en la cárcel del país Estados Unidos. Cuando la noticia se acabó Yolcaut dijo una de sus frases enigmáticas y misteriosas. Dijo:

—Ya nos cargó la chingada.

Fue una frase demasiado enigmática, porque hasta Chichilkuali se quedó callado con cara de querer descifrar el misterio.

A partir de entonces todos los días hay cadáveres en la tele. Han salido: el cadáver del zoológico, los cadáveres de la policía, los cadáveres de los narcotraficantes, los cadáveres del ejército, los cadáveres de los políticos y los cadáveres de los pinches inocentes. El gober y el señor presidente salieron en la tele para decirnos a todos los mexicanos y mexicanas que no nos preocupáramos, que nos estuviéramos tranquilos.

Yolcaut tampoco ha salido del palacio. Se la pasa hablando por teléfono para dar las órdenes. Miztli y Chichilkuali sí han salido del palacio. Miztli dice que afuera se armó un pinche desmadre. Chichilkuali dice que hay un chingo de problemas. Yolcaut quiere que nos vayamos de viaje por un tiempo a un lugar lejano, para la protección. Me preguntó que adónde quiero ir y me prometió que iríamos a donde yo le diga. Mazatzin me recomendó que le pidiera ir al imperio de Japón. Si fuéramos allí podría conocer a un mudo japonés. Pero yo quiero ir al país Liberia para hacer safaris y capturar un hipopótamo enano de Liberia.

Mazatzin me estuvo leyendo pedazos de un libro futurista antiguo. Es un libro que escribió un señor hace muchos años imaginando la época en la que vivimos ahora. Según esto, es muy divertido porque el escritor adivina muchas cosas que pasan hoy, como los injertos de pelo o la clonación. Pero Mazatzin piensa que es más divertido por las cosas que el escritor no adivinó, como lo de los sombreros. En el libro todas las personas andan con sombrero. A Mazatzin le parece muy gracioso que el escritor pudiera imaginar cosas difíciles y no pudiera imaginar que la gente dejaría de usar sombreros. Y me dijo que es como si ahora todos anduviéramos con sombreros de charro. Pobre Mazatzin. De veras que los cultos saben muchas cosas de los libros, pero no saben nada de la vida. Ése no fue un error del escritor. Fue un error de la humanidad.

Yo tengo muchos sombreros de charro, seis. Uno de ellos es un sombrero famoso porque lo usó un charro en una película muy antigua. El sombrero me lo regaló Yolcaut en mi cumpleaños del año pasado y luego vimos la película para buscar el sombrero. La película se trata de dos charros que se pelean por una mujer. Es una película muy absurda. En lugar de pelearse con balazos los dos charros se pelean con canciones. Y ni siquiera son canciones de machos, como el rey. Eso es lo que no entiendo: que si son charros y machos por qué se ponen a cantar canciones del amor como si fueran de los maricas. A la mejor por eso ya nadie quiere usar sombreros, porque las personas hacían cosas absurdas como usar un sombrero de charro y ser marica. Entonces a los sombreros se les acabó el prestigio. En la película al final resulta que los dos charros se quedan muy contentos cada uno con una mujer diferente. Hasta se hacen amigos y son felices para siempre, todo muy absurdo.

El problema de esa película es que es la favorita de Yolcaut y me obliga a verla con él cada vez que se le antoja. La hemos visto muchísimas veces, fácil veinte. Sin querer ya me la sé de memoria. La peor parte es cuando uno de los charros va a la ventana de una mujer y le dice cosas del amor. Le dice: «Como la luz de las estrellas son tus ojos, dos luceros que alumbran mi oscuridad. Ya sé que no te merezco, pero sin ti la vida es un tormento, es un morir eterno.» Patético.

Otro de los sombreros de charro que tengo me lo regaló Miztli también en mi cumpleaños del año pasado. Mi cumpleaños del año pasado fue nefasto. Me regalaron tantos sombreros de charro como si yo fuera de los nacionalistas. Este otro sombrero lo hicieron en el pueblo de Miztli, que según esto es un pueblo de charros. Pero es mentira. En los pueblos de charros debe haber como mínimo mil charros. Un día, hace mucho tiempo, Miztli me llevó a su pueblo y resultó que no vimos ningún caballo. Y había cero personas usando sombreros de charro, cero. Eso sí, había muchas tiendas de sombreros de charro y de cosas para los caballos. Una tienda se llamaba El Charro, otra Mundo Charro, otra Cosas de Charros y otra Charrito's. Pero no había charros, había personas tomando fotos y comprando llaveros y postales.

El único charro que vi era una estatua a la entrada del pueblo. Era un charro sospechoso, porque parecía que estuviera bailando ballet como si fuera de los maricas. Y ni siquiera tenía sombrero. Miztli me dijo que se lo habían robado, que un día por la mañana el charro amaneció sin sombrero. El ladrón debe haber sido de los que creen que los charros no deben ser maricas.

De todas maneras Miztli estaba muy contento de enseñarme su pueblo dizque de charros. Patético. La verdad, lo que más había en el pueblo eran iglesias. Había tantas iglesias que en lugar de

ser un pueblo de charros era un pueblo de curas.
A Miztli eso le hizo mucha gracia. Me dijo que sí,
que era un pueblo de curas, pero de curas machos.
Y luego me enseñó a un niño que iba caminando
por la calle y me dijo:

—Mira, mira, ése es hijo del señor obispo.

El problema de los sombreros de charro es
que sólo son para los charros. Lo que pasa es que
tienen las alas muy anchas, hasta puede que ten-
gan las alas más anchas de todos los sombreros
que existen en el mundo. Yo creo que si existiera
un sombrero con alas más anchas ya no sería un
sombrero. Sería una sombrilla.

Si no eres charro y te pones un sombrero de
charro puedes marearte y caerte de lado. Luego,
con el sombrero de charro puesto, cuesta mucho
trabajo levantarse del suelo. Otras personas se ponen un sombrero de charro y se vuelven locas.
Pero no para invadir países, como con los tricornios. En realidad nomás para tirar balazos al cielo
y gritar frases nacionalistas.

Los charros en cambio no se caen ni se vuelven locas. Ellos se quedan en la sombra de sus
sombreros de charro, muy misteriosos y enigmáticos.

Quién sabe de qué se esconden los charros.

Quién sabe qué estarán tramando.

Hoy hubo un cadáver enigmático en la tele: le cortaron la cabeza y ni siquiera se trataba de un rey. Tampoco parece que fuera obra de los franceses, que gustan tanto de cortar las cabezas. Los franceses ponen las cabezas en una cesta después de cortarlas. Lo miré en una película. En la guillotina colocan una cesta justo debajo de la cabeza del rey. Luego los franceses dejan caer la navaja y la cabeza cortada del rey cae en la cesta. Por eso me caen bien los franceses, que son tan delicados. Además de quitarle la corona al rey para que no se abolle, se preocupan de que no se les escape la cabeza rodando. Después los franceses le entregan la cabeza a alguna señora para que llore. A una reina o una princesa o algo así. Patético.

Los mexicanos no usamos cestas para las cabezas cortadas. Nosotros entregamos las cabezas cortadas en una caja de brandy añejo. Parece que eso es algo muy importante, porque el señor de las noticias repetía una y otra vez que la cabeza la habían enviado dentro de una caja de brandy añejo. La cabeza era de un cadáver de la policía, un jefe de todos los policías o algo así. Nadie sabe dónde se quedaron las otras partes del cadáver.

En la tele pasaron una foto de la cabeza y la verdad es que tenía un peinado muy feo. Llevaba el pelo largo y unas mechas pintadas de güero, patético. Para eso sirven también los sombreros, para esconder el pelo. No sólo cuando se trata de un peinado feo, porque lo mejor es esconder el pelo siempre, hasta con peinados dizque bonitos. El pelo es una parte muerta del cuerpo. Por ejemplo: cuando te cortan el pelo no duele. Y si no duele es porque está muerto. Cuando te lo jalan sí duele, pero lo que duele no es el pelo, sino el cuero cabelludo de la cabeza. Lo investigué en las investigaciones libres con Mazatzin. El pelo es como un cadáver que llevas encima de la cabeza mientras estás vivo. Además es un cadáver fulminante, que crece y crece sin parar, lo cual es muy sórdido. A la mejor cuando te conviertes en cadáver el pelo ya no es sórdido, pero antes no. Eso es lo mejor de los hipopótamos enanos de Liberia, que son calvos.

Yo por eso no llevo pelo. Yolcaut me lo rapa con una máquina en cuanto comienza a crecer. La máquina es igual que las máquinas de cortar hierbas de Azcatl, pero pequeña. Y el pelo es como las hierbas malas que hay que combatir. A veces Yolcaut se enoja porque le pido que me quite el pelo muy seguido. Definitivamente los calvos son personas muy afortunadas.

Éstas son las cosas que se pueden esconder dentro de un sombrero de detective: el pelo, un bebé conejo, una pistola pequeñita de balas minúsculas y una zanahoria para el bebé conejo. Los sombreros de detective no son buenos como escondite. Si necesitas guardar un rifle con balas gigantescas no cabe. Los mejores sombreros para esconder cosas son los sombreros de copa alta, como los de los magos. En cambio los sombreros de detective son buenos para resolver enigmas y misterios. Yo tengo muchos sombreros de detective, tres. Me los pongo cada vez que descubro que están pasando cosas misteriosas en el palacio. Y empiezo a hacer investigaciones, sigilosamente. No se trata de las investigaciones libres que hago con Mazatzin, porque ésas las hago con los libros. En los libros no aparecen las cosas del presente, sólo las del pasado y las del futuro. Ése es un gran defecto de los libros. Alguien debería inventar un libro que te dijera lo que está pasando en ese momento, mientras lees. Debe ser más difícil de escribir que los libros futuristas que adivinan el futuro. Por eso no existe. Y entonces hay que ir a investigar a la realidad.

Hoy Miztli y Chichilkuali hicieron cosas misteriosas, como llenar una camioneta con cajas que sacaban de una de las habitaciones vacías que no utilizamos. Cuando se fueron me puse un sombrero de detective y descubrí uno de los enigmas de Yolcaut. Las habitaciones vacías que no utilizamos siempre están cerradas con llave, pero hoy dejaron una abierta. Pues resulta que no tenemos cinco habitaciones vacías sin utilizar, nomás cuatro o ninguna: una de las habitaciones vacías que no utilizamos en realidad es la habitación de las pistolas y los rifles.

Las pistolas están escondidas en cajones y los rifles están escondidos dentro de un clóset. No tuve tiempo de contarlas, porque no quería que Yolcaut me descubriera, pero como mínimo debemos tener unas mil pistolas y unos quinientos rifles. Tenemos de todos los tamaños, hasta tenemos un rifle con balas gigantescas. Ahí me di cuenta de que Yolcaut y yo estamos jugando mal el juego de los balazos: con un balazo de ese rifle seguro te conviertes en cadáver, no importa dónde te lo den, menos en el pelo que ya está muerto. Deberíamos jugar el juego de los balazos diciendo el número de balazos, la parte del cuerpo y el tamaño de la bala. No es lo mismo un orificio pequeño, por donde tardaría cinco días en escaparse toda la sangre, que un orificio gigante, por donde tardaría cinco segundos. También encontré una pistola pequeñita con unas balas tan minúsculas que si te dan en el corazón setenta balazos no te haces cadáver.

Si hubiera sabido lo que encontraría en la habitación de las pistolas y los rifles no me habría puesto un sombrero de detective. Me habría puesto el sombrero de copa más alta de mi colección de sombreros, uno al que le cupieran unos seis o siete conejos. Me hubiera gustado llevarme el rifle de las balas gigantescas escondido debajo del sombrero, pero sólo pude llevarme la pistola pequeñita de las balas minúsculas. Nefasto. Pero lo más nefasto de todo fue descubrir que Yolcaut me dice mentiras, como que tenemos habitaciones vacías que en realidad son habitaciones de pistolas y rifles. Las pandillas no se tratan de las mentiras. Las pandillas se tratan de la solidaridad, de la protección y de no ocultarse las verdades. Al menos eso dice Yolcaut, pero es un mentiroso. Creo que ni siquiera voy a tener un hipopótamo enano de Liberia. Ni tampoco voy a ir al país Liberia. Ésas también han de ser las mentiras de Yolcaut.

Cuando no soporto el dolor de la panza, como hoy, Cinteotl me prepara un té de manzanilla. A veces me dan unos dolores tan fuertes que hasta me pongo a llorar. Por lo general son como unos calambres, aunque los peores se sienten como un vacío que va creciendo y creciendo y parece que me va a reventar la panza. Con esos dolores siempre lloro, pero no soy de los maricas. Es diferente estar enfermo que ser de los maricas. Si estás enfermo se vale llorar, me lo dijo Yolcaut.

Cinteotl tiene un cajón lleno de hierbas que sirven para curar las enfermedades. Tiene la manzanilla para la panza, la tila para los nervios, las hojas de naranja para la dieta, la pasionaria para los nervios, el azahar para la digestión, la valeriana para los nervios y un montón de hierbas más, muchas para los nervios. A Yolcaut no le gusta el té, dice que es una bebida para miedosos.

Yolcaut antes prefería que Miztli trajera al doctor cuando me dolía mucho la panza. El doctor estaba medio viejito y a escondidas de Yolcaut me regalaba dulces de tamarindo. Y eso que tengo prohibido el tamarindo. Y también el chile. Según el doctor, yo no estaba enfermo de la panza, sino de la psicología.

Lo mejor del doctor era que contaba unas historias muy entretenidas sobre los extraterrestres. Una vez los extraterrestres vinieron a León en su nave espacial. Llegaron a un campo de maíz para recoger plantas y animales. En el lugar donde aterrizó la nave dejaron una huella quemada en la que no ha vuelto a crecer ni una planta, ni siquiera pasto. Con todo y que ya pasaron muchos años, más de cuatro, creo. Otra vez los extraterrestres vinieron para secuestrar a una niña. Y otra vez estuvieron volando por encima de Aguascalientes durante una hora.

El doctor ya no viene porque Yolcaut se enojó con él. Según Miztli, una vez el doctor le dijo a Yolcaut que en realidad yo no estaba enfermo de la panza, que los dolores eran por no tener mamá, que lo que necesitaba era un doctor de la psicología. Supuestamente eso se llama estar enfermo del psicosomos, que quiere decir que la enfermedad es de la mente. Pero yo no estoy enfermo de la mente, a mí nunca me ha dolido el cerebro.

En la tele hay un escándalo por haber mostrado la foto de la cabeza cortada del policía. Pero no es por el peinado. El escándalo es así: unos opinan que en la tele no deberían mostrar imágenes de cabezas cortadas. Ni de cadáveres. Otros opinan que sí, que todo el mundo tiene derecho a ver la verdad. Yolcaut se ríe de este escándalo y dice que ésas son las pendejadas con las que se entretiene la gente. Yo no le digo nada. Aunque pienso que ésas no son pendejadas. Yolcaut cree que son pendejadas porque a él no le importan las verdades y las mentiras. Estuve a punto de decirle que las pandillas también se tratan de decir las verdades, pero me quedé callado. Lo que pasa es que me convertí en mudo. Y también dejé de llamarme Tochtli. Ahora me llamo Usagi y soy un mudo japonés.

Apenas hace como siete horas que me convertí en mudo y ya soy un enigma y un misterio. Todos quieren descubrir por qué no hablo y quitarme lo mudo. Cinteotl me preparó un té de unas hierbas que sabían a rayos, dizque para curarme la garganta. Yolcaut piensa que soy mudo porque no me ha conseguido el hipopótamo enano de Liberia y se la pasa diciéndome que debo tener paciencia. Pero no me volví mudo por eso, sino por las mentiras de Yolcaut.

Ahora no puedo explicarle a nadie por qué soy mudo. Los mudos no dan explicaciones. O las dan con las manos. Yo no sé el idioma de las manos de los mudos, así que soy mudo al cuadrado. Mazatzin me pidió que nos habláramos por escrito. Entonces decidí quedarme sordo y también mudo de la escritura. Para quedarte sordo lo que hay que hacer es recordar un pedazo de una canción y repetírtelo dentro de la cabeza sin parar. Yo escogí un pedacito del rey, donde dice lloraaar y lloraaar, lloraaar y lloraaar, lloraaar y lloraaar, lloraaar y lloraaar. Lo de la escritura es más fácil, sólo tienes que ser analfabeto: en lugar de escribir palabras te pones a hacer dibujos o mejor garabatos. Así que ahora soy sordo y mudo al cubo.

Hoy me he puesto un sombrero de samurái japonés. Dentro llevo mi pistola pequeñita de las balas minúsculas. Shhhhh……

Los conejos hacemos caca en bolitas.

Unas bolitas perfectas y redondas, como las municiones de las pistolas.

Con las pistolas los conejos tiramos balas de caquita.

Dos

En el avión que volaba hacia París, Franklin Gómez me enseñó a los franceses. Los franceses son como nosotros y no tienen dos cabezas ni nada por el estilo. Por eso son adelantados: porque son como nosotros y aun así inventaron la guillotina. En cambio nosotros para cortar las cabezas usamos los machetes. La diferencia entre la guillotina y los machetes es que la guillotina es fulminante. Usando la guillotina, con un solo golpe cortas una cabeza. Mientras que usando los machetes necesitas muchos más golpes, mínimo cuatro. Además con la guillotina se hacen cortes pulcros, ni siquiera salpicas sangre.

Por cierto, Franklin Gómez comenzó a ser Franklin Gómez ayer en el aeropuerto. Eso dice su pasaporte del país Honduras: Franklin Gómez. Antes hubo problemas porque Franklin Gómez no quería ser Franklin Gómez. Hasta que Winston López lo convenció. Franklin Gómez pensaba que ese nombre era sospechoso y no lo dejarían viajar. Entonces Winston López le enseñó los deportes del periódico. El día anterior México y el país Honduras habían jugado un partido de futbol. Para convencer a Franklin Gómez de que se convirtiera en Franklin Gómez, Winston López le leyó la alineación del país Honduras: Asthor Henríquez, Maynor Figueroa, Junior Izaguirre, Wilson Palacios, Eddy Vega, Wilmer Velásquez, Milton Núñez... Franklin Gómez siguió con dudas, diciendo que el viaje de unos hondureños a Monrovia sería muy sospechoso. Entonces Winston López le preguntó que a quién chingados en el mundo le importan Honduras o Liberia y todo quedó arreglado.

Winston López me repitió como diez veces que debía aprenderme los nombres y que no me podía equivocar. Somos: Winston López, Franklin Gómez y Junior López. Si me equivoco no podremos llegar hasta Monrovia. Pero yo tengo una memoria muy buena, seguro llegaremos. A mí me tocó ser Junior López, aunque Franklin Gómez me llama Jota Erre. Winston López le dijo que se dejara de pendejadas, pero Franklin Gómez opina que para llegar a Monrovia necesitamos la natura-

54

lidad. La naturalidad sirve para hacer bien las mentiras y los engaños. Yolcaut sabe mucho de la naturalidad: dice con naturalidad que la habitación de las pistolas y los rifles está vacía. Pero ésas son cosas que le pasaron a Tochtli y a Usagi, que están mudos, pero a Junior López no.

Desde París nos faltan dos aviones para llegar a Monrovia. Un avión que nos lleva de Europa a África y otro que nos lleva de África a Monrovia. Winston López dice que viajar a Monrovia es tan difícil como ir en barco a Lagos de Moreno. Lagos de Moreno es el pueblo de Miztli y no tiene lagos ni charros. Tiene muchos curas y un río apestoso y chiquito por donde no puede pasar ni siquiera una lancha. Franklin Gómez dice que ir a Monrovia es tan difícil como viajar desde un país tercermundista hacia otro país tercermundista.

Franklin Gómez viene a Monrovia con nosotros porque sabe hablar el francés y el inglés. Monrovia es la capital del país Liberia donde viven los hipopótamos enanos de Liberia y donde los monrovianos hablan el inglés. En el avión de París Franklin Gómez habló el francés con las sirvientas francesas del avión. Y se la pasó tomando la champaña de los franceses. Winston López le dijo que se aprovechara de la primera clase, que no es para los muertos de hambre como él. Las sirvientas francesas del avión hacían la erre muy rara, como si les doliera la garganta o como si tuvieran la erre atorada en el pescuezo. Patético. A la mejor a los franceses les duele la garganta por haberle cortado la cabeza a los reyes.

Cuando aterrizamos en París Franklin Gómez se emocionó y dijo que habíamos llegado a la tierra de la libertad, la fraternidad y la igualdad. Parece que para tener esas cosas es para lo que sirve cortarle la cabeza a los reyes. Winston López nomás le dijo:

–Franklin, no seas pendejo.

Lo primero que hicimos en Monrovia fue conseguirnos un guía monroviano. Nuestro guía monroviano se llama John Kennedy Johnson y habla el inglés con Franklin Gómez. Un guía monroviano sirve para tres cosas: para no perderte en Monrovia, para que no te maten en Monrovia y para encontrar a los hipopótamos enanos de Liberia. Por eso nos cobra mucho dinero, creo que millones de dólares. Porque resulta que encontrar a los hipopótamos enanos de Liberia no es fácil ni siquiera en Liberia. John Kennedy Johnson dice que los hipopótamos enanos de Liberia están al borde de la extinción. La extinción es cuando todos se mueren y no sirve sólo para los hipopótamos enanos de Liberia. La extinción sirve para todos los seres vivos que pueden morirse, incluidos los hondureños como nosotros.

Lo bueno es que cuando estás al borde de la extinción todavía no se mueren todos, nomás la mayoría. Pero son pocos los hipopótamos enanos de Liberia que quedan vivos, mil o máximo dos mil. Además hay otro problema: viven escondidos en los bosques. Y para acabarla no viven en manadas, sino que son solitarios y andan de dos en dos o de tres en tres. Para eso es el trabajo de John Kennedy Johnson, para encontrar animales difíciles de encontrar. Los clientes de John Kennedy Johnson quieren hacer cacerías de los animales. John Kennedy Johnson los lleva donde están los animales y los cazadores los matan a balazos. Luego los cazadores le cortan la cabeza a los animales y se la llevan para colgarla de adorno encima de la chimenea de su casa. Y con la piel se hacen un tapete para limpiarse los pies. Nosotros no queremos matar a los hipopótamos enanos de Liberia a balazos. Nosotros nomás queremos capturar uno o dos para llevarlos a vivir a nuestro palacio.

Para hacer bien el safari John Kennedy Johnson nos recomendó que durmiéramos con el horario al revés. Dice que es lo mejor si queremos tener energías para buscar a los hipopótamos enanos de Liberia. El horario al revés es dormir de día y vivir de noche. Lo que pasa es que es más fácil encontrar a los hipopótamos enanos de Liberia en la noche, cuando salen de sus escondites para buscar comida. Hacer el horario al revés es fácil para nosotros, porque se trata de dormir después de la hora del desayuno de Monrovia, que es la hora de la madrugada en México. Y luego se trata de despertar en la tarde de Monrovia, que es la hora de la mañana en México.

Cuando despertamos, los sirvientes de nuestro hotel, el Mamba Point Hotel, nos llevan de comer a la habitación. Nos llevan: hamburguesas, papas, una carne dura y ensaladas de lechuga que tiramos a la basura para no enfermarnos de las enfermedades de Monrovia. Las lechugas son peligrosas. Al menos eso dice Franklin Gómez, que las lechugas transmiten enfermedades. Parece que las lechugas son como las palomas, amigas íntimas de la infección. Te comes una hoja de lechuga infectada y te entra una enfermedad fulminante. Ahora que lo pienso a la mejor Quecholli se quedó muda por una enfermedad de las lechugas que le gustan tanto.

Franklin Gómez dice que John Kennedy

Johnson tiene el nombre de un presidente del país Estados Unidos al que mataron con balazos en la cabeza. El presidente John Kennedy iba en un coche sin techo haciendo un paseo y le dieron de balazos en la cabeza. O sea, que las guillotinas son para los reyes y los balazos para los presidentes.

Lo malo de ser Junior López es que no puedo usar mis sombreros. Winston López dice que se trata de no llamar la atención mientras estamos en Monrovia. Mis sombreros se quedaron en nuestro palacio, guardados en la habitación de los sombreros. En Monrovia hace calor, pero yo tenía frío en la cabeza, mucho. Entonces Winston López me compró dos sombreros de safari africano en la tienda de recuerdos del Mamba Point Hotel. Son sombreros que parecen platillos voladores de los extraterrestres. Uno es color caqui y el otro color verde olivo, que son los colores del camuflaje que sirven para esconderse.

Los sombreros de safari africanos son los sombreros de los cazadores de animales y son buenos para buscar a los hipopótamos enanos de Liberia. En realidad sirven para buscar cualquier animal, un león o hasta un rinoceronte. Son como los sombreros de detective, que sirven para las investigaciones, pero especializadas en los animales.

A las diez de la noche de Monrovia, John Kennedy Johnson pasa a recogernos al Mamba Point Hotel en su jeep para hacer el safari. Un safari es así: te subes a un jeep y te metes por los bosques, por la selva y por los pantanos para buscar los animales. Hay los safaris para matar animales y los safaris para capturarlos. También hay los safaris que nomás sirven para ver los animales. Eso es para evitar mandarlos a la extinción. Winston López dice que ésas son mariconadas. Además del jeep también hay que usar una camioneta con jaulas para guardar a los animales. La camioneta la maneja el socio de John Kennedy Johnson, que se llama Martin Luther King Taylor.

El jeep de John Kennedy Johnson brinca mucho cuando recorremos los caminos desde Monrovia hasta los bosques de Liberia. Brinca cuando caemos en un hoyo y vuelve a brincar cuando salimos. Luego es peor, porque en los bosques de Liberia ni siquiera hay caminos. Nos metemos entre los árboles y de tanto que brinca el jeep ya ni se sienten los brincos. Es como ir volando. John Kennedy Johnson tiene unos faros especiales para iluminar los bosques de Liberia. Con esos faros vamos buscando a los hipopótamos enanos de Liberia, pero no podemos encontrarlos. Ya hemos visto: el primer día antílopes, changos y puercos. El segundo día antílopes, víboras y hasta un leopardo. Y el tercer día antílopes y changos. Pero cero hipopótamos enanos de Liberia, cero.

Me parece que los sombreros de safari africano que estoy utilizando no sirven para nada, porque no son auténticos. Es por culpa de haberlos comprado en una tienda de recuerdos y no en una sombrerería. Todo por la paranoia de Yolcaut. Si me hubiera dejado traer mis sombreros de detective seguro que ya habríamos encontrado a los hipopótamos enanos de Liberia.

El colmo es que cuando no estamos haciendo el safari nos estamos aburriendo muchísimo. Nos quedamos todo el tiempo encerrados en el Mamba Point Hotel, porque en Monrovia no hay nada bueno para ver. Estamos tan aburridos que Franklin Gómez me está enseñando todos los juegos de cartas que existen. Habría sido mejor que hubiéramos viajado al imperio de Japón. Allí hubiéramos buscado a los mudos japoneses de día y dentro de las ciudades. Pero vinimos a Liberia a buscar a los hipopótamos enanos de Liberia que parece que se han ido a la extinción. Winston López dice que para jugar a las cartas mejor hubiéramos ido a Las Vegas. Puta mierda de país Liberia.

Franklin Gómez dice que Martin Luther King Taylor tiene el nombre de un señor del país Estados Unidos al que también mataron con balazos. Parece que a los liberianos les gusta mucho ponerse nombres de cadáveres asesinados.

El ron del país Liberia viene en unas botellas oscuras, como si fuera veneno, pero es muy bueno porque quita lo aburrido. Si te tomas un vaso te dan ganas de reír y si te tomas más cuentas chistes. En el Mamba Point Hotel puedes pedir por teléfono las botellas del ron del país Liberia a cualquier hora del día. Aunque sean las cuatro de la mañana. Hoy cuando volvimos de buscar a los hipopótamos enanos de Liberia pedimos dos botellas.

Seguimos sin descubrir a los hipopótamos enanos de Liberia, hoy sólo vimos manadas de perros salvajes. Winston López dice que para ver perros callejeros nos hubiéramos quedado en México. De puro coraje se puso a dispararles. Los perros intentaron escaparse pero Yolcaut tiene muy buena puntería. Los hubiera matado a todos si Mazatzin no lo hubiera convencido de que dejara de disparar, que se acordara que se trataba de no llamar la atención.

La verdad, ya estamos hartos de buscar a los hipopótamos enanos de Liberia sin encontrarlos. Por eso pedimos las botellas del ron del país Liberia. En realidad las pidieron Winston López y Franklin Gómez, pero me dejaron estar con ellos en su fiesta. El ron del país Liberia se toma con Coca-Cola y con hielo. Eso se llama una cuba. Pones en un vaso hielo, la mitad la llenas con ron del país Liberia y la otra mitad con Coca-Cola. Franklin Gómez prefiere tomarlo caliente, sin hielo. Dice que los hielos del Mamba Point Hotel pueden tener las enfermedades fulminantes de Monrovia. Winston López prefiere enfermarse que tomar las cubas calientes que saben a mierda sin hielo.

Los chistes de Winston López tratan sobre los gallegos, que son unas personas muy absurdas: se necesitan tres gallegos para cambiar un foco. Casi siempre los gallegos confunden las cosas y llegan a conclusiones extrañas. También hay los chistes que tratan de los países y siempre empiezan igual: era una vez un mexicano, un gringo y un ruso. El ruso puede cambiar, a veces es un español, o un francés, o un alemán. Cuando en el chiste había un ruso, Franklin Gómez decía que ese chiste estaba viejo, porque los rusos ya no son de los comunistas. Winston López nomás le decía:

–Franklin, no seas pendejo.

Lo bueno es que luego se le fue quitando un poco lo pendejo. Al menos eso dice Winston López, que cuando Franklin Gómez se emborracha se le quita un poquito lo pendejo.

El chiste que más me gustó fue el de unos policías mexicanos que hacían que un hipopótamo confesara que era un conejo. No era un hipopótamo enano de Liberia, sólo un hipopótamo normal. Se trataba de un concurso entre las policías del FBI del país Estados Unidos, de la KGB del país Rusia y de los judiciales de México para ver quién encontraba primero en un bosque a un conejo rosa. Al final los judiciales llegaban con un hipopótamo pintado de rosa diciendo:

–Soy un conejo, soy un conejo.

Eso era chistoso, pero también era un poco verdad. Por eso me gustó mucho ese chiste: porque tampoco era un chiste. Todo el mundo sabe que en la realidad no existen los conejos rosas.

Lo bueno del borde de la extinción es que todavía no es la extinción. Hoy por fin descubrimos a los hipopótamos enanos de Liberia. Y eso que yo no llevaba puesto ningún sombrero. Iba con la cabeza descubierta aguantándome el frío como los machos. Los hipopótamos enanos de Liberia eran dos y tenían las orejas tal y como me las imaginaba: minúsculas como las balas de una pistola pequeñita. Cuando los vimos estaban metidos en un pantano de lodo comiendo las hierbas malas. Eran animales tan buenos para ver como si fueran los hijos de un puerco y una morsa. O de un puerco y un manatí. John Kennedy Johnson les disparó con un rifle especial de balazos para dormir. Las balas de ese rifle son inyecciones que tienen una sustancia venenosa con la que los animales se duermen para dejarse capturar. A uno de los hipopótamos enanos de Liberia la inyección le pegó en el lomo. Al otro en el cuello. Después de unos segundos los hipopótamos enanos de Liberia se acostaron de lado y se quedaron dormidos. John Kennedy Johnson, Martin Luther King Taylor, Franklin Gómez y Winston López los subieron a las jaulas de la camioneta. A pesar de ser enanos pesan muchos kilos, más de mil fácil, lo cual es una tonelada.

Luego volvimos al Mamba Point Hotel a los brincos. A nuestros hipopótamos enanos de Liberia se los llevaron al puerto de Monrovia a meterlos en un barco de piratas para ir a México. Pero van a tardar mucho en llegar, cuatro meses o más.

Porque no se puede ir directo desde el puerto de Monrovia hasta el puerto de Veracruz. Hay que ir parando en muchas ciudades antes de llegar a México.

Nosotros también ya nos vamos a ir. Winston López le ordenó a Franklin Gómez que investigara lo que había pasado estos días en México, que buscara alguna noticia sobre un señor llamado El Amarillo. Franklin Gómez se fue a ver la computadora del Mamba Point Hotel y cuando volvió nomás dijo:

–Ajaaaá. –Y Winston López se rió de una manera muy rara.

Creo que eso quiere decir que ya podemos irnos.

Ahora lo más importante es que nuestros hipopótamos enanos de Liberia lleguen sanos a México. Por eso hay que planear todo con escrúpulos y dar las órdenes minuciosas. Las pacas de alfalfa que coman nuestros hipopótamos enanos de Liberia durante el viaje deberán ser de alfalfa pulcra, sin infecciones. Yo calculo que cada uno se comerá una paca al día, o más. También hemos dado las órdenes para que les sirvan de comer manzanas y uvas, que les gustan mucho. Hice una lista: veinte manzanas y treinta racimos de uvas cada día. Por cabeza. Mezclar la alfalfa, las manzanas y las uvas para hacer unas ensaladas gigantes.

Franklin Gómez tradujo al inglés la lista con las órdenes y se la dimos a John Kennedy Johnson para que se la entregue a los piratas. John Kennedy Johnson dice que tuvimos mucha suerte, porque capturamos un macho y una hembra. La lista también es para que bañen a nuestros hipopótamos enanos de Liberia tres veces a la semana y para que les limpien sus orejas minúsculas. Hablando de comida, Azcatl se va a poner contento con nuestros hipopótamos enanos de Liberia, que le ayudarán a acabar con la maleza del jardín de nuestro palacio.

Franklin Gómez me preguntó si ya había pensado en los nombres que les pondría a nuestros hipopótamos enanos de Liberia. Esto era un secreto que no le había contado a nadie, ni siquiera a Miztli, que es muy bueno para los secretos. Yo pensaba que si lo contaba me daría mala suerte y nunca tendría un hipopótamo enano de Liberia. El problema es que sólo había pensado en un nombre. En dos nombres no había pensado, porque no imaginaba que tendría dos hipopótamos enanos de Liberia. Ahora no sólo se trataba de escoger otro nombre. Los dos nombres tenían que sonar bien juntos. Así que me pasé pensando durante horas, haciendo combinaciones, y las iba anotando en una lista.

Al final escogí los nombres que me siguieron gustando después de repetirlos cien veces. Es una prueba que no falla. Te pones a repetir una cosa cien veces y si te sigue gustando es que es buena. Eso no nomás sirve para los nombres, sino para cualquier cosa, para la comida o para las personas. A Franklin Gómez le parecieron nombres muy curiosos para ponérselos a hipopótamos enanos de Liberia. Lo curioso es pariente de lo feo, dice Cinteotl. Pero no son nombres feos, ni curiosos, son nombres que no te cansas de repetir cien veces o más. Winston López tiene razón. Los cultos saben mucho de los libros, pero no saben nada de la vida. En los libros nadie te dice cómo escoger los nombres para los hipopótamos enanos de Liberia. La mayoría de los libros hablan de cosas que no le importan a nadie y que no sirven para nada.

Hoy fuimos a dar un paseo por Monrovia. Todo por el buen humor de Winston López, que rentó una camioneta. Fue la primera vez que vi la ciudad de día y descubrí que en realidad el país Liberia no es un país nefasto. Es un país sórdido. En todas partes apestaba a pescado frito y a aceite quemado. Además había mucha gente en la calle, miles de personas o más. Eran personas que no hacían nada, nomás se quedaban sentadas por ahí o platicando y riéndose. Las casas eran muy feas. Monrovia no es una ciudad pulcra como Orlando, adonde una vez fuimos de vacaciones. Franklin Gómez dice que Monrovia se parece a Poza Rica, aunque no sé si sea cierto, porque yo no conozco Poza Rica. Yo diría que se parece a La Chona.

Como no había nada bueno para ver nos dedicamos a buscar los balazos en las paredes mientras paseábamos. En el país Liberia hace poco tiempo hubo una guerra. Parece increíble pero fue divertido: inventamos un juego, el juego de ver quién descubría la pared con más balazos. Franklin Gómez encontró la pared de una tienda con dieciséis balazos. Yo descubrí la de una casa con muchos más balazos, veintitrés. De todos modos el que ganó fue Winston López y eso que iba manejando la camioneta. La pared de Winston López era de una escuela y tenía noventa y ocho balazos. Pudimos contarlos uno a uno porque nos bajamos de la camioneta. Franklin Gómez se puso a tomar fotos mientras hacía un discurso sobre las injusticias. Habló de los ricos y los pobres, de Europa y África, de las guerras, el hambre y las enfermedades. Y de la culpa, que es de los franceses, que gustan tanto de cortarle la cabeza a los reyes, de los españoles, a los que no les gusta cortarle la cabeza a los reyes, de los portugueses, que gustan mucho de vender personas africanas, y de los ingleses y los gringos, que en realidad prefieren hacer cadáveres con bombas. Franklin Gómez no paraba de hablar con su discurso. Winston López le quitó la cámara y le dijo:

–No seas cabrón, Franklin, esto no se hace.

Luego fuimos a comprar los recuerdos de Liberia. Yo me compré cinco sombreros auténticos de safari africano en una tienda especial para los safaris. Todos los sombreros tienen la misma forma, pero son de colores diferentes. Uno gris, otro verde olivo, otro café, otro blanco y otro caqui. Winston López compró en una tienda de artesanías unas figuras de señores africanos y también dos máscaras de adorno para colgar en las paredes de nuestro palacio. Y unas joyas africanas que han de ser para Quecholli. Todas estas cosas las pagamos con nuestros dólares y pudimos haber comprado muchísimas más, porque tenemos millones de dólares. Pero no compramos más cosas porque no nos cabrían en las maletas. En cambio Franklin Gómez compró recuerdos que no necesitan guardarse en las maletas: dos años de escuela para cuatro niñas liberianas, diez vacunas para bebés liberianos y veinte libros para la biblioteca de la ciudad de Monrovia. Para eso tuvimos que ir a una oficina. Mientras Franklin Gómez rellenaba un montón de papeles que le habían dado, Winston López me dijo algo enigmático. Me dijo:

–Míralo, es un santo.

Cuando volvíamos al hotel Franklin Gómez tenía una cara que no sabías si se estaba riendo o si iba a ponerse a llorar. Al menos ya venía calladito mirando unos vales que le habían dado en la oficina donde compró sus recuerdos. Winston López nomás le dijo:

–Franklin, de veras que eres muy pero muy pendejo.

Éste es el día más nefasto de toda mi vida. Y se supone que no tenía que haber pasado nada, porque lo único que íbamos a hacer era esperar a que llegara el día siguiente para ir al aeropuerto y volver a México. Pero en la tarde vino John Kennedy Johnson y se puso a hablar cosas secretas con

Franklin Gómez. Luego fuimos todos juntos al puerto de Monrovia a visitar a nuestros hipopótamos enanos de Liberia.

En el puerto de la ciudad de Monrovia nos metimos caminando entre grúas y cajas gigantescas hasta llegar a una bodega abandonada. En la puerta de la bodega estaba Martin Luther King Taylor con un rifle. Antes de entrar Winston López me dijo que había un problema, que nuestros hipopótamos enanos de Liberia estaban enfermos. Quiso entrar solo a la bodega pero no lo dejé, le dije que las pandillas se trataban de no ocultar cosas y de ver las verdades. Winston López le ordenó a Franklin Gómez que se quedara conmigo esperando afuera y que no me dejara entrar. Entonces le di tres patadas y le dije que era un pinche mentiroso de mierda, que ya sabía su mentira de la habitación de las pistolas y los rifles. Winston López me acarició la cabeza con sus dedos sin anillos y me dijo que estaba bien, y entramos todos juntos.

La bodega apestaba a rayos. Franklin Gómez dijo que era por la mierda de los hipopótamos enanos de Liberia. Adentro estaba medio oscuro, porque no había ventanas y sólo entraba luz por un hoyo que había entre las paredes y el techo de aluminio. Era mejor así. Las paredes estaban asquerosas, con la pintura cayéndose a pedazos, y en el piso todo el tiempo ibas aplastando cosas que hacían ruidos raros. Al fondo estaban las jaulas con nuestros hipopótamos enanos de Liberia. Pregunté cuál era el macho y cuál era la hembra y John Kennedy Johnson nos dijo que el macho era el de la derecha, que era más grande que el de la izquierda. Pero eso ya no importaba, porque ya no eran animales buenos para ver. Los dos estaban acostados con los ojos cerrados y ni siquiera se movían. Estaban muy sucios y rodeados de mierda y sangre. John Kennedy Johnson dijo que no nos acercáramos mucho para no ponerlos nerviosos.

Estábamos mirando a nuestros hipopótamos enanos de Liberia cuando me di cuenta de que Itzcuauhtli también debería haber venido con nosotros a Monrovia. Si hubiera venido Itzcuauhtli les habría dado las medicinas para que se curaran. En eso Luis XVI comenzó a retorcerse y a chillar con gritos horribles. Eran gritos horribles porque los escuchabas y te daban ganas de estar muerto para no tener que escucharlos. Chillaba muy fuerte, tanto que no se escuchaba nada más, ni siquiera los ruidos del puerto ni las voces de los que estábamos en la bodega. Cuando por fin hubo silencio, Franklin Gómez nos dijo que John Kennedy

Johnson decía que lo mejor era que sacrificáramos a nuestros hipopótamos enanos de Liberia, para evitarles el sufrimiento.

Winston López me llevó aparte y me repitió lo que John Kennedy Johnson acababa de decirnos. Me prometió que conseguiríamos otros hipopótamos enanos de Liberia y hasta se olvidó de que yo era Junior López y él Winston López cuando me dijo:

–Tochtli, acuérdate, Yolcaut siempre puede.

Luego me pidió que me saliera de la bodega con Franklin Gómez. Yo no quise, porque yo soy un macho y los machos no tienen miedo. Y además las pandillas se tratan de no ocultar cosas y de ver las verdades. Entonces Winston López le dio a John Kennedy Johnson las órdenes: que matara a nuestros hipopótamos enanos de Liberia. Franklin Gómez quiso protestar para que yo no viera, le dijo a Winston López que no fuera cruel, que yo era pequeño para ver una cosa así. Winston López nomás le ordenó que cerrara el pinche hocico.

Martin Luther King Taylor se acercó a las jaulas armado con su rifle. Fue primero a la jaula de la derecha y colocó el arma en el corazón de Luis XVI. El ruido del balazo se quedó rebotando en las paredes de la bodega junto con los chillidos horribles del hipopótamo enano de Liberia. Pero la que lloraba era María Antonieta de Austria, que se había asustado con el ruido. Luis XVI ya estaba muerto. A mí me empezaron a temblar las piernas. Esperamos hasta que María Antonieta dejara de chillar y Martin Luther King Taylor hizo lo mismo con ella. Sólo que no se murió con un balazo. Se movía y los balazos no le atinaban al corazón. Hasta el cuarto balazo se quedó quieta. Entonces resultó que no soy un macho y me puse a llorar como un marica. También me oriné en los calzones. Chillaba tan horrible como si fuera un hipopótamo enano de Liberia con ganas de que los que me escucharan quisieran estar muertos para no tener que escucharme. Tenía ganas de que me dieran ocho balazos en la próstata para hacerme cadáver. También quería que todo el mundo se fuera a la extinción. Franklin Gómez vino a abrazarme pero Winston López le gritó que me dejara en paz.

Cuando me calmé, sentí una cosa muy rara en el pecho. Era caliente y no dolía, pero me hacía pensar que yo era la persona más patética del universo.

Tres

Los japoneses cortamos las cabezas con los sables, que son unas espadas especiales que tienen el filo fulminante de las guillotinas. La ventaja de los sables sobre las guillotinas es que con los sables también puedes cortar brazos, piernas, narices, orejas, manos o lo que quieras. Además puedes cortar personas a la mitad. En cambio con las guillotinas nomás cabezas. La verdad es que no todos los japoneses usan los sables. Eso sería como decir que todos los mexicanos usan sombreros de charro. Los sables sólo los usamos los samuráis japoneses.

Los samuráis en las películas hacemos combates por el honor y la fidelidad. Preferimos la muerte que ser maricas. Como en la película de *El samurái fugitivo.* Se trata de un samurái que huye para salvar el honor de otro samurái. Pero sólo huye por un rato, porque en realidad lo que quiere es la venganza. Los samuráis son como las pandillas, que se tratan de la solidaridad y de la protección. Luego un día el samurái fugitivo deja de ser fugitivo porque vuelve a la casa del otro samurái esquiando por una montaña nevada. Esa parte de la película es mi favorita. En el camino del samurái que era fugitivo se van cruzando sus enemigos que quieren matarlo. Y el samurái que era fugitivo los va haciendo cachitos a todos con su sable. A unos nomás les corta un brazo o una pierna. A otros les corta la cabeza. Y a muchos los corta por la mitad. Toda la nieve va quedando manchada con la sangre de los enemigos, como si fuera un raspado de grosella o de fresa.

Al final de la película el samurái que era fugitivo descubre que el otro samurái al que quería salvarle el honor ya era un cadáver. El samurái que era fugitivo coge un cuchillo y se lo entierra para hacerse cadáver también. Los japoneses no necesitamos los finales felices en las películas. No somos como los charros, que necesitan las mujeres y el amor y siempre terminan cantando muy contentos. Y muy maricas.

Para ser samurái tienes que ponerte una bata encima de la ropa y un sombrero de samurái. Los sombreros de samurái son como platos gigantes de pozole al revés. En la bata tienes que esconder el sable. Yo todavía no tengo el sable, pero se lo voy a pedir a Miztli. Seguro que Yolcaut no va a querer que me lo compren. Por eso esta vez además de la lista de las cosas que quiero hice una lista de las cosas secretas que quiero. Sólo lo sabremos Miztli y yo. Miztli entenderá. Yolcaut no entiende nada, ni siquiera se ha dado cuenta de que soy un samurái. Quiere que me quite la bata y dice que no puedo andar todo el día vestido así, que parezco un señorito. Y piensa que soy mudo por lo que le pasó a nuestros hipopótamos enanos de Liberia. Tampoco Cinteotl e Itzpapalotl entienden nada. Cada vez que me ven me dicen que me quite la pijama.

Mazatzin es el único que está contento y me está dando clases especiales sobre cosas del imperio de Japón. Hoy me explicó lo de la Segunda Guerra Mundial. Se trataba de dos ciudades del imperio de Japón que fueron destruidas con bombas atómicas. Si te tiran bombas atómicas de nada te sirven los sables. Con esta historia a Mazatzin se le fue quitando lo contento y acabó haciendo uno de sus discursos. Éste era sobre la guerra, la economía y los imperialistas. Y a cada rato me decía:

—Los gringos, Usagi, los pinches gringos de mierda.

Hoy vino a nuestro palacio Paul Smith, que hacía muchísimo tiempo que no venía, como tres meses. Descubrí que en realidad conozco a quince personas y no a catorce o quince. Lo que pasa es que no estaba seguro de si Paul Smith todavía era una persona o ya era un cadáver. Tenía la duda por una de las frases enigmáticas de Yolcaut, que una vez que le pregunté por qué ya no venía Paul Smith me respondió:

—Si es listo volverá, si es un pendejo no.

Paul Smith es el socio de Yolcaut en sus negocios con el país Estados Unidos y tiene el pelo muy raro. En realidad el pelo que tiene raro es el del tupé, el resto lo tiene normal. Pero el pelo del tupé es un asco. Yolcaut dice que Paul Smith se hace injertos de pelo porque se está quedando calvo. Tiene que pagar miles de dólares por cada pelo que le colocan en la cabeza. De veras que Paul Smith es la persona más absurda que conozco.

A Mazatzin tampoco le cae bien Paul Smith. Cada vez que lo ve le dice:

—Hey, gringo, ¿invadieron algún país en los últimos veinte minutos?

Y Paul Smith le contesta:

—Tu puta madrrre, naco, invadimos tu puta madrrre.

Paul Smith también hace la erre muy rara, pero no como los franceses, que parece que les duele la garganta de tanto cortarle la cabeza a los reyes. La erre de Paul Smith es como si se creyera mucho. Es una erre de presumido que se queda haciendo eco adentro de la boca. Es cosa de los gringos, que son unos presumidos que se creen los dueños del mundo. Al menos eso dice Mazatzin en sus discursos.

Además de arreglar sus negocios, cuando viene Paul Smith siempre hay fiesta. En esas fiestas Paul Smith va mucho al baño. Al principio yo pensaba que Paul Smith tendría la vejiga pequeña, pero luego Miztli me dijo un secreto, me dijo que era para usar la cocaína. La cocaína se usa con la nariz y a escondidas, en el baño o adentro de un clóset. Por eso es un negocio muy bueno, por ser secreto.

Paul Smith tampoco entiende nada de samuráis. Me preguntó si estaba enfermo para andar en bata. No estoy enfermo, es más: desde que soy samurái no me duele la panza. Bueno, sí me duele, pero me concentro como los japoneses y deja de dolerme. Cuando Yolcaut le dijo que llevo días sin hablar, Paul Smith se puso a decir que a ver si resultaba que ser mudo se contagia. Paul Smith es un pendejo. Desde que soy mudo hay más cosas misteriosas. ¿Paul Smith es listo y por eso volvió? No puede ser, Paul Smith con sus injertos de pelo y sus ideas absurdas no puede ser listo. Seguro es un pendejo. Pero no puedo preguntarle a Yolcaut, ni modo. Ese enigma seguirá sin resolverse. Los mudos no piden explicaciones ni dan explicaciones. Los mudos se tratan del silencio.

Desde que volvimos de Monrovia las cabezas cortadas pasaron de moda. Ahora en la tele se usan más los restos humanos. A veces es una nariz, otras veces es una tráquea o un intestino. También las orejas. Puede ser cualquier cosa menos cabezas y manos. Por eso son restos humanos y no cadáveres. Con los cadáveres se sabe las personas que eran antes de convertirse en cadáveres. En cambio con los restos humanos no se sabe qué personas eran.

Para guardar los restos humanos no se usan cestas ni cajas de brandy añejo, sino bolsas del súper, como si en el súper se pudieran comprar los restos humanos. Si acaso en el súper se pueden comprar los restos de las vacas, los puercos o las gallinas. Yo creo que si vendieran cabezas cortadas en el súper las personas las usarían para hacer el pozole. Pero primero habría que quitarles el pelo, igual que a las gallinas se les quitan las plumas. Los calvos seríamos más caros, porque ya estaríamos listos para el pozole.

Antes de que me fuera a dormir Yolcaut me dio un regalo. Era un sombrero de vaquero gringo, de esos que sirven para lazar vacas. Luego me dijo que los cowboys no andan en bata. Como yo no le contesté nada, ni gracias, me gritó:

—¡Habla, chingada madre, déjate de pendejadas!

Creo que tenía ganas de pegarme, pero no me pegó, porque Yolcaut nunca me ha pegado. En lugar de pegarme Yolcaut me da regalos. Éstos son todos los regalos que Yolcaut me ha dado para quitarme lo mudo: la playstation nueva, que es la playstation 3, con seis juegos diferentes; unas chaparreras de vaquero, como si a mí me gustaran las chaparreras o los vaqueros; una jaula con tres hámsters; una pecera con dos tortugas; comida para los hámsters y comida para las tortugas; una rueda de la fortuna para los hámsters; unas piedras y una palmera de plástico para la pecera de las tortugas. A mí no se me quita lo mudo con regalos, ni modo. Ni dejaré de ser un samurái japonés nomás porque Yolcaut quiere que sea un cowboy como Paul Smith.

Lo más misterioso que han hecho para intentar quitarme lo mudo fue en la mañana, cuando llegaron a trabajar Cinteotl e Itzpapalotl. No venían solas, trajeron a dos niños: un sobrino de Cinteotl y un vecino de Itzpapalotl. Los dos tenían el pelo horrible, cortado como soldados, que es el peor corte de pelo del universo. Yolcaut no dejó que los niños se quedaran, por más que Cinteotl e Itzpapalotl le decían que yo necesitaba tener amigos de mi edad, que era para quitarme lo mudo. También dijeron que no era normal que anduviera en bata y que usara esos sombreros tan curiosos que me gustan. Yolcaut se cansó de ellas y nomás les dijo:

–Se callan o se largan.

Y le ordenó a Miztli que llevara a los niños de vuelta a sus casas. Uno de ellos, el que era el vecino de Itzpapalotl, antes de irse se acercó y me regaló un juguete que traía. Patético, aunque Itzpapalotl le dijo que era un niño muy bueno. Era un muñeco de la guerra de las galaxias, pero no era un muñeco original, era una imitación del tianguis. Ni siquiera estaba bien pintado. Se supone que el muñeco tenía la ropa color rojo y la piel color carne. Pues resulta que tenía una pedazo de la mano derecha pintado de rojo. Y no era sangre. Era sólo que el muñeco era corriente. Cuando se fueron lo tiré a la basura.

Esto sí que es misterioso: las balas minúsculas de la pistola pequeñita sí sirven para hacer cadáveres. A la mejor cadáveres humanos no, ni cadáveres de animales grandes tampoco, pero al menos cadáveres de animales pequeños sí. Yo no quería matar al periquito, quería ver qué hacían las aves con el ruido de los balazos. Lo que pasó fue que después del primer balazo todos los pájaros de colores y los periquitos comenzaron a volar como si estuvieran locos. Se pegaban contra las paredes de la jaula y se atacaban unos a otros como si el que disparaba fuera uno de ellos. Por todos lados empezaron a volar plumas de colores. Había plumas rojas, azules, verdes, amarillas, blancas, negras y grises. Entonces disparé dos veces más, apuntándole a las plumas. El problema fue que adentro de la jaula había mucho relajo. Cuando los pájaros de colores y los periquitos se calmaron y volvieron a sus casas y a sus ramas fue cuando descubrí el cadáver del periquito en el suelo. Era un periquito color azul cielo, aunque en realidad ya no era un periquito, porque estaba muerto y los muertos no son periquitos. La bala minúscula le había sacado la sangre de un ala.

Antes de que llegara nadie escondí la pistola pequeñita entre las hierbas malas del jardín. La lancé lo más lejos que pude a una parte donde la maleza está tan alta que Azcatl ya ni siquiera se preocupa por cortarla. Itzcuauhtli llegó a la jaula y se quedó mirando el relajo de las plumas y el cadáver del periquito. Eso fue lo más misterioso y enigmático que he visto en toda mi vida. ¿Cómo le hizo para escuchar los balazos si es sordomudo? Itzcuauhtli se metió en la jaula y recogió del suelo el cadáver del periquito. Como vio que ya estaba muerto ni siquiera fue a buscar las medicinas para intentar curarlo. Lo bueno fue que como él es sordomudo y yo soy mudo nos quedamos en silencio y no me pidió explicaciones. Pero en eso llegaron Cinteotl e Itzpapalotl y cuando vieron el cadáver se pusieron a decir que virgen santa, que pobrecito, que cómo alguien podría matar a un periquito del amor que no hace daño a nadie y sólo sirve para darle besos a otros periquitos del amor. También dijeron que por mi culpa un periquito del amor se había quedado viudo y que había que traerle otra pareja para que no se muriera de la tristeza. Y me acusaron con Yolcaut.

A Yolcaut no le importaba la vida del periquito, porque no hizo escándalo como hicieron Cinteotl e Itzpapalotl. Los periquitos del amor son maricas. Además nos quedan muchos otros periquitos, siete. Lo que le importaba a Yolcaut era saber con qué pistola había matado al periquito y dónde estaba la pistola y de dónde había sacado la pistola. Pero como soy mudo y los mudos no dan explicaciones no le dije nada, me quedé callado. Yolcaut se encerró con Miztli en la habitación de las pistolas y los rifles y me dieron ganas de preguntarles qué iban a hacer encerrados en una habitación vacía.

Más tarde Yolcaut y Miztli se pelearon porque descubrieron que había una pistola desaparecida, la pistola pequeñita de las balas minúsculas. Yolcaut le echaba la culpa a Miztli por dejar abierta la habitación de las pistolas y los rifles. Miztli decía que la culpa era de la paranoia de Yolcaut, porque sin la paranoia de Yolcaut no sería necesario tener las pistolas cargadas. La verdad, la culpa es de Miztli, que no me ha comprado el sable.

Mazatzin también se enojó conmigo, pero no se enojó porque haya hecho cadáver al periquito ni porque haya robado la pistola pequeñita. Se enojó porque para hacer los sables de samurái se necesita una tradición milenaria y mucha paciencia. Mientras que para hacer las pistolas sólo se necesitan las fábricas de los capitalistas.

—¿Qué te crees —me preguntó Mazatzin—, el ratón vaquero?

Pero el ratón vaquero tenía dos pistolas. Y yo tengo las orejas más grandes. Tengo las orejas tan grandes que siempre me salen cortadas en las fotografías.

En la tele hay una nueva teoría sobre los restos humanos: antes pensaban que los restos humanos eran de varios cadáveres y con la nueva teoría piensan que en realidad son solamente de un cadáver. Eso porque encontraron varios indicios y una pista. Los indicios son que no se han repetido partes del cuerpo, siempre son diferentes. Están haciendo unas pruebas en el laboratorio para saber si se trata de un solo cadáver. La pista es que encontraron un pedazo de carne de la espalda. Y el pedazo de carne tenía un tatuaje de un unicornio azul pequeñito. La verdad, en la tele no se veía nada de unicornio, sólo una mancha. Entonces pasó algo misterioso. Yolcaut mandó llamar a Miztli, aunque era de noche y a Miztli le tocaba hacer la vigilancia del palacio. Y cuando

Miztli vino, Yolcaut le ordenó que se fuera a traerle a Quecholli. Pero Quecholli no vino, o si vino se fue muy pronto, porque cuando desperté por la mañana ella no estaba.

Luego pasó que Mazatzin no vino a darme las clases y eso que hoy no es sábado ni domingo. Dieron las nueve, las nueve y media, las diez, y nada. No llegó. Eso nunca había pasado. A la mejor Mazatzin ya no quiere venir porque está decepcionado de que yo no soy un samurái de a de veras. Eso no es mi culpa, porque no puedo ser un samurái de a de veras sin un sable. Yolcaut me dijo que me pusiera a estudiar con los libros, como si estuviera Mazatzin. Pero me puse a jugar con la playstation 3, aprovechando que Yolcaut salió del palacio con Miztli todo el día. Chichilkuali se quedó haciendo la vigilancia, aunque en lugar de hacer la vigilancia del palacio se quedó vigilándome a mí. Todo el día me estuvo persiguiendo de cerquita, como hace Quecholli con Yolcaut. Hasta cuando yo iba al baño Chichilkuali se quedaba afuera esperándome.

En la noche Yolcaut y Miztli volvieron al palacio. Yolcaut no me dejó ver la tele con él. Se hizo el que no pasaba nada y me mandó con Miztli para que me distrajera. De todos modos ya sé por qué Yolcaut no quiso que viera la tele. Me lo dijo

Miztli, porque Miztli es muy bueno para los secretos. Quiero decir que Miztli es muy bueno si quieres saber los secretos y muy malo si quieres que los guarde. Y ni siquiera necesitas decirle nada. Lo normal es que para saber los secretos tengas que preguntar muchas veces o hasta dar golpes fulminantes para que te los cuenten. Pero con Miztli no. Yo como soy mudo no le pregunté nada y aun así me contó que en la tele están hablando de Yolcaut, de los negocios de Yolcaut. Aunque en realidad no le llaman Yolcaut, le llaman El Rey. Miztli dice que ya nos cargó la chingada. Dice:

–Imagínate, ya ni te deja ver la tele. Agárrate, que ahora sí vamos a empezar con la paranoia.

Yo pensaba que la paranoia de Yolcaut ya estaba desde antes y ahora parece que nomás acaba de empezar. En el diccionario dice que para ser paranoico tienes que pensar sólo en una idea. O sea, que los paranoicos son locos. Es como si yo nada más pensara en sombreros. Pero yo pienso en muchas cosas, en sombreros, en samuráis, en sables, en hipopótamos enanos de Liberia, en lechugas, en pistolas pequeñitas de balas minúsculas, en guillotinas, en franceses, en balazos, en cadáveres, en injertos de pelo. Por pensar pienso hasta en los españoles, y eso que no les gusta cortarle la cabeza a los reyes. Lo que pasa es que yo no soy paranoico. Quién sabe cuál será la idea en la que piensa Yolcaut todo el tiempo.

Lo sabía, lo sabía: Mazatzin no es ningún santo, es un patético traidor. Ha escrito un reportaje en una revista donde cuenta todos nuestros secretos, nuestros enigmas y nuestros misterios. El reportaje tiene fotos de nuestro palacio y se titula: «Dentro de la madriguera del Rey». Habla de nuestros millones de pesos, de nuestros millones de dólares, de nuestros millones de euros, de los anillos de oro y diamantes que usa El Rey, de las pistolas y los rifles, de Miztli y Chichilkuali, de los políticos, hasta de Quecholli. Y en la portada sale una foto de la jaula de nuestros tigres.

En la revista no dice que el autor sea Mazatzin, pero es él, lo sabemos. No podría ser nadie más. Hace dos días que no viene a darme las clases. Además el nombre con el que firma el reportaje es Chimalli, que quiere decir escudo. Y para Mazatzin el significado de los nombres es muy importante, por eso me decía Usagi y no Tochtli. También por eso en el reportaje a Yolcaut no le llama Yolcaut, sino El Rey, como le dicen en la tele. Los escudos sirven para la protección. O sea, que Mazatzin se ha puesto un nombre para protegerse, porque debe tener miedo de Yolcaut.

Lo del reportaje lo sé por Miztli, porque Yolcaut no me cuenta nada. Es como si él también se hubiera vuelto mudo, mudo nada más conmigo. Con los demás sí habla. En realidad habla con todo el mundo para dar las órdenes. Creo que ya se cansó de darme regalos para quitarme lo mudo, y como no se me quita lo mudo ha de estar haciendo su venganza. Las pandillas no se tratan de la venganza, ni tampoco se tratan de las mentiras ni de ocultar las verdades. A este paso vamos a dejar de ser la mejor pandilla en siete kilómetros a la redonda. Es más: hasta vamos a dejar de ser una pandilla.

Con esto del reportaje se me quitó un poquito lo mudo porque tuve que hablar con Miztli. Fue para saber qué cosas decía la revista y para preguntarle qué va a pasar con Mazatzin. Por cierto, Mazatzin no escribió nada sobre mí, hizo como si yo no existiera. Miztli opina que fue para protegerme. Patético. Yo soy un samurái y los samuráis no necesitamos que nos proteja nadie. Si acaso necesitamos que nos proteja otro samurái, sobre todo cuando nos peligra el honor. Pero un samurái nunca necesita que lo proteja un patético traidor.

De todas maneras de nada sirve que Mazatzin haya querido protegerme. Porque nadie va a leer su reportaje. Yo antes pensaba que lo único que podía secuestrarse eran las personas. Pues resulta que no, que también pueden secuestrarse otras cosas, como las revistas. Eso fue lo que hizo Yolcaut cuando se enteró del reportaje. Dio las órdenes por teléfono para comprar todas las revistas donde salía el reportaje de Mazatzin. Miztli dice que Chichilkuali se fue a una fábrica donde hacen reciclajes: van a poner todas las revistas en una máquina y la máquina las va a convertir en papel para envolver las tortillas. Pobre Mazatzin, Miztli dice que más le vale que se haya ido muy lejos. Yo creo que Mazatzin se fue al imperio de Japón. Seguro que Yolcaut le tira como mínimo cuatro bombas atómicas.

De veras que Yolcaut es un loco paranoico. Primero se hizo mudo conmigo y no me dejaba ver la tele y ahora se puso a gritarme que corriera, que fuera rápido, que estaban pasando a Mazatzin en la tele. Tengo una teoría: los cultos van a la cárcel porque en realidad son pendejos. Como Mazatzin, que no sólo es el traidor de nosotros, sino que también resultó ser traidor del país Honduras. En el país Honduras la falsificación de documentos oficiales es un delito grave. Delito, bonita palabra. Parece que los hondureños son de los nacionalistas, que se enojan si una persona quiere ser hondureña de a mentiras. Si quieres tener un pasaporte hondureño hay dos opciones: o eres hondureño de verdad o te vas a la cárcel.

Lo peor para Mazatzin es que los señores del gobierno del país Honduras piensan que se ha burlado del país Honduras. Eso dijo el vicepresidente, que la burla estaba también en haberse querido llamar con el nombre ridículo de Franklin Gómez. El vicepresidente se llamaba Elvis Martínez. Yo creo que nomás los pendejos se escapan al país Honduras con un pasaporte de hondureño falso. A Mazatzin lo atraparon paseando por el centro de Tegucigalpa, que es la capital del país Honduras, un país que sólo es para los hondureños de verdad.

Un señor del gobierno mexicano dijo que no podían hacer nada por Mazatzin, que México respetaba la soberanía del pueblo hermano del país Honduras. ¿Los mexicanos y los hondureños somos hermanos? De veras que los políticos hacen negocios complicados. Yolcaut estaba muy divertido riéndose de Mazatzin cuando quiso decirme una de sus frases enigmáticas. Me dijo:

–Piensa mal y acertarás. –Y siguió riéndose como loco paranoico que sólo piensa en una cosa, en reírse.

Aunque esa frase no sólo no era enigmática, sino que además me ayudó a resolver otros misterios. O sea, que esa frase quiere decir que Yolcaut tiene la culpa de lo que pasa. Para eso sirven las órdenes, para organizar los enigmas. Pero entonces sí que sucedió una cosa muy enigmática: en la tele pasaron un reportaje sobre la vida de Mazatzin y decían que era peligroso. Todo porque se había ido a vivir muy lejos, en el medio de la nada, en lo alto de un cerro lleno de indios rebeldes que querían matar a balazos a los señores del gobierno. También por eso Mazatzin había ido al país Honduras, para organizar a los indios del país Honduras para matar a los señores del gobierno del país Honduras. El gobierno del país Honduras ya tiene una lista larguísima de delitos para dejar en la cárcel a Mazatzin por muchos años. Yolcaut dice que como mínimo veinticinco. Y se ríe más. Luego del reportaje llamaron por teléfono al que era el socio de Mazatzin en los negocios de la publicidad de las empresas y dijo que hacía dos años que no lo veía, desde que se fue al cerro con los guerrilleros. Eso fue lo misterioso, que Mazatzin no estaba con los guerrilleros. Estaba con nosotros enseñándome las cosas de los libros.

Yo si fuera Mazatzin me hubiera escapado al imperio de Japón. Desde ahí me habría mandado un sable para poder ser un samurái de verdad. En cambio se fue al país Honduras y por su culpa ya me duelen un montón los dedos, de tanto que juego a la playstation 3.

Hoy conocí a la persona dieciséis que conozco y se llama Alotl. Según Cinteotl, Alotl tiene el trasero así de grande: dos metros. Alotl no es de los herbívoros como Quecholli, porque no sólo come ensaladas de lechugas, también come sopa de letras y enchiladas y carne. Y no está muda, todo lo contrario, dice muchas cosas. Me dice:

—Señorito, ¿no le parece un poco tarde para andar vestido así?, éstas no son horas de andar en bata.

También le dice a Cinteotl y a Itzpapalotl:

—Qué grande la casa y qué bonita y qué buen gusto, qué bonitos jarrones.

Porque no sabe que en realidad esto no es una casa, es un palacio. Si supiera que es un palacio se daría cuenta de que en realidad no es un palacio muy bueno, por no estar pulcro. Lo de los jarrones lo dice por unos jarrones chinos que están en la sala de los sillones. Los jarrones tienen dragones que echan fuego por el hocico y la verdad que sí son bonitos. Y luego en la terraza dijo:

—Ay, un tigre en una jaula, qué grande y qué bonito, qué buen gusto tener un tigre en el jardín.

Entonces el tigre rugió. Me parece que al tigre le dieron ganas de comérsela. Ella no se dio cuenta, nomás dijo que uy uy uy, que qué gatito tan feroz, y me preguntó si el tigre tenía un nombre.

De tanto que hablaba Alotl me dio vergüenza seguir siendo mudo, porque no paraba de preguntarme cosas sobre la bata, sobre el sombrero de samurái, sobre el nombre de los animales y sobre cómo hago para estar tan guapo. Y a cada rato me acariciaba la cabeza riéndose y me decía que uy uy uy el mudito. Le tuve que explicar todo lo de los samuráis y por qué soy un samurái y cómo me falta el sable para ser un samurái de verdad. También me obligó a que le enseñara mi colección de sombreros. Ella es de los nacionalistas, porque los que más le gustaron fueron los sombreros de charro, por más que yo le enseñé todos mis tricornios y mis sombreros de safari auténticos.

Cuando nos sentamos a comer en la terraza ya no fue un momento enigmático como antes, porque Alotl se la pasó contando cosas de su pueblo y haciendo bromas. Su pueblo está en el norte, en Sinaloa. Creo que a Yolcaut le cayó bien Alotl, porque hasta le hacía preguntas y se reía de sus bromas. Las bromas eran sobre lo guapos que somos Yolcaut y yo y sobre lo mucho que nos parecemos, igual de guapos. Con la sopa de letras Alotl formó los nombres de los que estábamos en la mesa, pero los nuestros los escribió así: «toshtli» y «llolcau».

Lo bueno fue que Alotl no estuvo todo el día con su cancioncita, porque anduvo desaparecida muchas veces con Yolcaut, cuatro. Miztli también se sorprendió de que fueran tantas desapariciones y se puso contento porque él fue quien trajo a Alotl al palacio. Cuando le pregunté por qué había tantas desapariciones se rió y me dijo un secreto, una cosa superenigmática:

–Noventa sesenta revienta, Tochtli, noventa sesenta revienta.

Ahora resulta que Alotl viene todos los días y no sólo dos o tres veces por semana. Un día me trajo de regalo un sombrero de paja con una cinta que tiene el dibujo de una palmera y dice: *Recuerdo de Acapulco.* Otro día vino con una falda tan cortita que Cinteotl no quería servirle de comer. La verdad, el sombrero de Acapulco es el peor sombrero de mi colección, por mí lo tiraba a la basura. El problema es que me da pena con Yolcaut, que se puso muy contento con el regalo. Y la falda sí que era muy cortita, tanto que yo alcancé a verle dos veces los calzones, que eran de color amarillo.

El mejor de todos los días fue el día en que Alotl trajo una película de samuráis que yo no había visto. Según ella era para demostrarme que los samuráis verdaderos no andan en bata. Hasta hicimos una apuesta: si yo ganaba ella me regalaría un traje de samurái y si ella ganaba yo dejaría de vestirme con bata. Resultó que unos samuráis andaban en bata y otros no, porque usaban pantalones y armadura en el pecho. Yolcaut dijo que la que usaban los samuráis no era una bata de cuadritos como las mías. Las de ellos eran negras. Así que pararon la película y no seguimos viéndola hasta que me quité la bata.

De todas maneras nos divertimos mucho con la película, más que nada en la parte de las peleas. También en la parte de las pláticas nos divertimos, porque los samuráis no hablaban japonés, sino que hablaban un español chistoso. Yolcaut dijo que hablaban como gachupines y empezó a decirme como le dijo un samurái a uno de los malos: gamberro. Es una palabra que no viene en el diccionario.

En la película al final un samurái le cortaba la cabeza a otro samurái que era su mejor amigo. No es que fuera un traidor, al contrario. Lo hizo porque eran amigos y quería salvarle el honor. Entonces no sé qué mosca le picó a Yolcaut que al terminar la película me llevó a la habitación de las pistolas y los rifles. Me dijo que entre nosotros no había secretos y dejó que viera todas las armas y me explicó cuáles eran los nombres, los países donde se habían fabricado y los calibres.

De pistolas tenemos las Beretta del país Italia, las Browning del reino Unido y muchas del país Estados Unidos: sobre todo Colt y Smith & Wesson. Por cierto, a las pistolas puedes ponerles un silenciador, que es para convertirlas en mudas. Los rifles casi todos son iguales. Tenemos unos que se llaman AK-47, del país Rusia, y otros llamados M-16, del país Estados Unidos. Aunque más que nada tenemos las Uzis del país Israel. Yolcaut también me enseñó el nombre del rifle de las balas gigantescas, que en realidad no es un rifle, es un arma que se llama bazuca.

Antes de que me fuera a dormir Yolcaut me preguntó si había puesto atención a la película de los samuráis y si había entendido bien el final. Yo le contesté que sí. Entonces me dijo la cosa más enigmática y misteriosa que me ha dicho nunca. Me dijo:

–Tú un día vas a tener que hacer lo mismo por mí.

Hoy cuando desperté había una caja de madera muy grande al lado de mi cama. Tenía varias calcomanías y letreros que decían: FRAGILE y HANDLE WITH CARE. Fui corriendo a preguntarle a Yolcaut qué era y a pedirle que me ayudara a abrirla, porque estaba cerrada con clavos.

Abrimos la caja y adentro había muchas bolitas de plástico, miles. Las fui quitando hasta que descubrí las cabezas disecadas de Luis XVI y María Antonieta de Austria, nuestros hipopótamos enanos de Liberia. La verdad, los disecadores hicieron un trabajo muy pulcro. Las cabezas cortadas tienen el hocico abierto para mostrar la lengua y sus cuatro colmillos. Además brillan, porque los disecadores las barnizaron con pintura transparente. Sus ojos están hechos de canicas blancas con la pupila color café. Y tienen las orejas minúsculas intactas. El cuello está pegado a una tabla que tiene una plaquita dorada con su nombre. La cabeza de Luis XVI, que es una cabeza muy grande, dice: LUIS XVI. Y abajo: *Choeropsis liberiensis.* La cabeza de María Antonieta de Austria, que es una cabeza más pequeña, dice: MARÍA ANTONIETA. Y también dice: *Choeropsis liberiensis.*

Entre Yolcaut y yo colgamos las cabezas en una pared de mi habitación: Luis XVI a la derecha y María Antonieta de Austria a la izquierda. En realidad fue Yolcaut quien puso los clavos y colocó las cabezas. Yo sólo le iba diciendo si estaban chuecas o estaban derechas. Luego me subí a una silla y les fui probando sombreros. Los que mejor les quedan son los sombreros de safari africano. Así que les dejé puestos los sombreros de safari africano, pero sólo se los dejaré por un tiempo. Pronto llegarán las coronas de oro y diamantes que mandamos hacer para ellas.

El día de la coronación mi papá y yo haremos una fiesta.

ÍNDICE

Impreso en Reinbook serveis gràfics, sl
Passeig Sanllehy, 23
08213 Polinyà